愛じゃないならこれは何

愛じゃないならこれは何

斜線堂有紀

集英社

装幀：有馬トモユキ（TATSDESIGN）
装画：ナナカワ

この物語はフィクションです。実在の団体・事件・人物とは一切関係ありません。

ミニカーだって一生推してろ

人気アイドルが、一般人へのストーカー行為で逮捕されたら、どんな結末が待っているだろう。

悠長に考えている場合でもないのに、赤羽瑠璃《あかばねるり》は夢想する。まかり間違っても、他人の家のベランダに座り込みながら考えるようなことじゃない。だが、そのことを考えずにはいられなかった。

間違いなく、来月に決まっているバレンタインライブは中止だろう。今まで発売したCDは回収になるだろうか。アイドルを続けることも出来なくなる？　それとも、反省していると記者会見を行い、然《しか》るべき裁きを受けたら復帰出来るのだろうか。

いや、そんなことにはならない。アイドルはそういうものじゃない。男の部屋に忍び込んで捕まるなんてあってはいけない。少なくとも、今まで瑠璃が作ってきた『赤羽瑠璃』像はそうだ。

赤羽瑠璃が引退することになったら、一番傷ついてくれるのはこの部屋の主だ。彼は自分の部屋に忍び込んだ咎《とが》で推しが引退することになったと知ったらどう思うだろうか。嬉しく思う？　光栄に思う？　それともやっぱり、引くだろうか。

傍らに置いてあった室外機が不吉な唸りをあげる。部屋の中にいる人物が、エアコンを付けたのだろう。ふとしたきっかけでベランダの瑠璃に気づいてもおかしくない。最早一刻の猶予もなかった。

瑠璃は意を決して、二階のベランダから跳んだ。固く無慈悲な地面が迫ってくる。死にはしないだろう。だが、どのくらいのダメージがくるかは分からない。

どんな落下にも、それに至るまでの軌跡がある。長くて大きすぎる放物線の始まりは、今から四年前。瑠璃が二十四歳の頃まで遡る。

二十四歳の赤羽瑠璃は、アイドルを辞めようとしていた。

夢を追い続けて不毛な戦いを挑み続け、どれだけの時間が経っただろう？　と、彼女は思ってしまっていた。自分がまだこれから何にでもなれるという可能性に潰されそうになる。照明すら薄らぼんやりとしか当たらない舞台に立ちながら、刻一刻と死んでいく自分の未来を思う。

この冴えない舞台ですら、瑠璃が必死で摑み取ったものだった。オーディションで選ばれた十六人しか『東京《とうきよう》グレーテル』として劇場に立てないのだから。決して大きなグループじゃない。言ってしまえば、ただの地下アイドルである。けれど、ここまで来るのにも大分かかった。自分と同い年の人間は既に劇場を脱して、もっと広い舞台に立っている歳だった。それか、見切りを付けている歳だった。

なのに、瑠璃はここでも埋もれていた。デビューから半年。業界の中で埋もれている『東京グレーテル』の中で埋もれているのだから、その日の目の見えなさといったら！ステージ最後列、ワンフレーズだけのソロが唯一の晴れ舞台だ。その数秒ですら、瑠璃はスターになれない。

今の赤羽瑠璃を知っている人間なら、そんな時代を信じないかもしれない。だが、確かにそういう時代はあったのだし、瑠璃は静かに絶望していた。報われない努力は、冷たい壁に爪を立てることに似ていた。そこに傷が残るところなんて想像出来ないのに、自分の生爪は割れていく。

劇場から何の変装もせずに電車に乗っても、誰にも声を掛けられない。プライベートでファンに声を掛けられたり、後をついて来られるのは迷惑だと言っていた先輩がいた。その辛さは分かっているのに、自分がその迷惑な行為の対象にすらなれないということが悲しかった。被害を語る同期を羨むなんて、どれだけ浅ましいのだろうと自分でも思う。ただ、この浅ましさを嗤《わら》わせてたまるか、とも思う。自分はきっとおかしくなっている。こんな飢えを後生大事に抱えて、得られるものなんて何もないのに。

早く辞めなければいけない。それが現実と自分を繋ぐよすがであるかのような気持ちで吊り革を握る。どうか、自分をまともでいさせてください。どうか。

めるすけ『赤羽瑠璃は赤じゃなくて黒の方が似合うな』

そんな時に、エゴサで引っかかったのがその呟きで、これが全ての始まりだった。

一個人のツイートなんて、縋《すが》る対象としては最悪だったかもしれない。ただ、重みが違った。何故なら、それは瑠璃に関する初めての呟きだったからだ。

エゴサが成功した試しはなかった。ステージに立つ度に自分の名前やグループの名前でツイッターを検索しても、瑠璃への言葉は見当たらなかった。それでも、帰りの電車の中で、瑠璃はせっせと検索を続けた。

運命かもしれない、と思った。こんなもので計れる運命があるはずもないのに。

思わず、呟いているアカウントの名前を確認する。「めるすけ」という間の抜けた名前と、ブレた猫の写真のアイコン。どこにでもいそうな、没個性的なアカウントだ。

「……普通のオタクじゃん。一丁前に衣装に文句言うなよな」

そう呟きながらも、口の端が緩《ゆる》むのを止められなかった。

衣装に文句を付けられはしたけれど、めるすけは自分のことを認めてくれている。今日のライブの客入りは一〇〇人に届くか届かないかくらいだ。あの中に、瑠璃を見てくれている誰かがいたのだ。

そのことを理解した瞬間、スマートフォンを握る手が小さく震えた。

この時、赤羽瑠璃の身体は宙に投げ出されたのだ。ここから始まるのはベランダから落ちるまでの長い長い落下だ。

けれど、投擲《とうてき》の多くがそうであるように、瑠璃はここから上昇する。地下で埋もれていたことすら忘れられるほどに、鮮烈に。

「あの、自費で購入したいものがあるんですけど」

めるすけの呟きを見た直後、瑠璃はマネージャーにそう話した。目立たないメンバーから話しかけられることすら予想外だったのか、彼は戸惑ったように言う。

「自費で？　何を？」

「……衣装を替えたいんです」

自費で、という部分を最初に言ったのは、衣装を替えることに、絶対に、絶対に反対されたくなかったからだ。ここで押し通せなければ、自分は一生変われない。

東京グレーテルの衣装は、メンバーごとに色味のはっきり分かれたワンピースだった。特別なものじゃない。小劇場のカタログで取り寄せられるものに、リボンのアレンジを加えただけの量産品だ。

十六人いるから十六色。瑠璃は朱色に近い赤を着ていた。名前に合わせたお気軽な担当。本当はもっと深紅に近い赤がよかったのだが、その色は先に加入した先輩が着ていたので、妥協をして着た赤だった。——ある意味で、めるすけの目は正しかったのかもしれない。

蔑《ないがし》ろにされている自分を表したようなこの色が、瑠璃は少しも好きじゃなかった。

「衣装って、色？　だって赤羽さんは赤担当でしょ。名前にも合ってるし」

「でも、似合ってないんじゃないかと思って。そもそも赤だと野中《のなか》先輩と被ってますよね。だから、ずっと嫌でした」

赤担当、と一口に言われるのも嫌いだった。色被りを懸念する瑠璃に対して「これは朱色だから」と言ったのは目の前のマネージャーなのに。適当に流すにしても、もう少し上手くやってほしかった。

「じゃあ何色にしたいの」

いかにも面倒臭そうな顔をしながら、マネージャーが言う。自費で買うと言っている以上、無下《むげ》にもしづらいのだろう。ましてや、替えようとしているのは誰も注目していない赤羽瑠璃だ。ややあって、瑠璃は答えた。

「黒です。誰とも被りません」

「黒？　裏方じゃないんだからさ」

「今の方がよっぽど裏方ですよ」

こうして、赤羽瑠璃のカラーとして黒が決まった。今となってはお馴染みの、ペンライトで振るには大変すぎるその色は、赤羽瑠璃にとっての最初の分岐点だった。

そうして、八万円で買い直した黒い衣装は、赤羽瑠璃に対する一つの『答え』であるように見えた。

狭い楽屋の姿見に映った自分の姿を見た時、瑠璃はわざわざ自嘲してみせた。あんな一言に踊らされて、まんまと衣装を買い直すなんて馬鹿らしい。たった一人の意見なのに。そう自分で釘を刺しておかないと、浮かれてしまいそうで怖かった。本当は、あの朱色の方が自分に似合っていたかもしれないのに。

それでも、全ては動き始めた。黒い衣装に身を包んだ瑠璃は写真を撮ると『**衣装替えました！ カラーも一新でニューばねるりです**』という言葉と共にツイートする。

すると、もの珍しさからか、ぽつぽつと反応があった。

一人は例のめるすけだった。

めるすけは瑠璃のアカウントをフォローしてくれていた。恐る恐る反応を見に行く。

『**めるすけ『ばねるり、衣装替えて正解だな。すごく綺麗だ**』

小さな呻《うめ》き声が漏れた。嬉しい。たった一人のそんな一言が、死ぬほど愛おしい。本当はめるすけの感性が間違っていて、瑠璃に黒は全然似合っていないのかもしれないのに。

これで全部がよくなったような気分になる。

見ててね、と心の中で呟く。ちゃんと見てて。

新しい衣装に身を包んだ瑠璃は、いつもより身軽な気分で舞台に立った。

最後列に暗い色の衣装を着て立つ瑠璃の姿は、悪目立ちするか埋もれるかの二択だった。

こんな博打《ばくち》は、以前の瑠璃なら絶対に出来なかった。

けれど、今回はめるすけが見ていてくれる。

暗い客席の中に、知らないめるすけの姿を探した。この観客の中に、めるすけがいるのだと思うと、何故だか自由にパフォーマンス出来る気がした。

めるすけ『ばねるりはいつもダンスの振りが大きいところがいいんだよな。遠目から見ても分かるくらいだから、相当意識してると思う』

れーお『@めるすけ　お前ばねるり推しなの？』

めるすけ『@れーお　そうだわ。ばねるり歌上手いし可愛いよ。頑張ってる感じがする』

ライブが終わると、家に帰る電車の中ですぐさまめるすけのツイッターのホームを確認しに行った。そこにはめるすけによる衣装の感想やライブの詳細な感想があった。どの曲も、瑠璃を中心に書いてある。

極めつけは、フォロワーらしき人物との会話だ。

そうだわ。――本当に？　逸《はや》る気持ちでめるすけのプロフィールをもう一度確認する。

そこには「**崖っぷち男子大学生。東《とう》グレばねるり推し。**」というシンプルすぎる文章が載っていた。

その日はめるすけ以外にも、数人の人間が瑠璃の衣装チェンジやパフォーマンスに触れて褒めてくれていた。けれど、めるすけの存在は瑠璃にとってあまりにも特別だった。

男なんだ、と何故か強く思った。東グレのライブに来てくれるファンは男性が多いが、それでもめるすけの性別は不確定だった。男なんだな、と声にまで出してしまう。
自分が何故その情報に強く執心するのかは分からなかった。いや、分からないふりをしていた。自分の中に滾《たぎ》っているものの正体に向き合うより先に、赤羽瑠璃はめるすけの監視を始めた。
めるすけ『就活終わったけど、社会で生きていける気がしない。東グレがなければ致命傷だったかもしれない』
めるすけ『院行ってよかったことはあるんだけどね、沢山』
めるすけ『誰か夜中にフォトナ潜れる人いない？』
めるすけ『ばねるり、最近よく笑うようになった。ばねるりの笑った顔はめちゃくちゃちゃい い。あと、本気でツボに入った時は手で口元隠すのが可愛い』
めるすけ『「天涯《てんがい》のエリュシオン」のばねるりパート、字面《じづら》はめちゃくちゃ寂しいのにものすごく明るいよな。燃え尽きてもそれが悪いことじゃないって言ってくれてるみたいで励みになる』
めるすけ『ばねるりかわいい』
めるすけの呟きは、日常のことが半分と東京グレーテル——というより、赤羽瑠璃に関することが半分という割合で構成されていた。ごく平凡な呟きの合間に、瑠璃に関する言葉が差し挟まれていて、ライブに出た時は必ずその感想を呟いてくれる。

これほどまでに赤羽瑠璃を見てくれている人間はいなかった。

だが、それと同じくらい瑠璃もめるすけのことを見ていた。

めるすけが瑠璃の癖や仕草を知るのと同じように、瑠璃もめるすけの欠片《かけら》を拾い集めて、一人の人間の像を結んでいった。

都内に住んでいる大学院生で、もう就職が決まっている。今はまだジョナサンでバイトをしているが、就職に伴って辞めるつもりである。それだけじゃない。好きな本やバンドも、めるすけは惜しげもなく公開していた。アイドルのプロフィールが精査されたうえで公開されているのを考えると、そのことが信じられないくらいだ。めるすけは見つめることに慣れすぎていて、見つめられることには驚くほど無頓着だった。

下の名前が『渓介《けいすけ》』であることも、大学の同期らしき人間のリプライから偶然知った。少し珍しい名前だ。渓谷の渓を名前に付けた両親は、めるすけにどんなことを期待していたのだろう？　『すけ』が渓介からきているのなら『める』はどこからきたのだろう？

一つを知れば、連鎖的に次が欲しくなる。普通に出会っていたら苦もなく聞ける名字を知る術がないことがもどかしかった。

あれからも瑠璃は、黒い衣装で東京グレーテルの舞台に立ち続けていた。劇場に黒いペンライトの発売はないかと問い合わせがきて、マネージャーによる黒いペンライト作成講座の動画が出た。赤羽瑠璃を取り巻く状況は変わり始めていた。
めるすけ『高校時代からずっと遙川悠真《はるかわゆうま》の小説は好きなんだよな。切実って感じがして』
めるすけ『やっぱり原点はトリクウィッチズなのかもしれない。ちょっと古いかもだけど。古いと言えば、ばねるりって実はかなり阿賀沼沢子《あがぬまさわこ》に似てる気がする。多分、本物のカリスマを持ってるアイドルだからっていうのが大きいんだろうけど』
めるすけ『ばねるりは多分、変なスキャンダルとかも起こさないだろうな。ファンと一線引いてる感じが好き』
めるすけが好きだという小説を読んで、音楽を聴いた。
好きかどうかは正直分からなかった。何しろフィルターが多すぎる。めるすけが好きだから好きなのか、めるすけのセンスがいいのかが判別出来ない。
そんな有様であるくせに、阿賀沼沢子のことも調べた。自分とどんなところが似ているのかは分からなかったが、少なくとも今の自分とは比べものにならないくらいスターであることは確かだった。阿賀沼沢子の曲を聴いて、目標にしている人物だとＭＣの際に、恥ずかしげもなく公言する。
借り物の言葉のはずなのに、赤羽瑠璃の中身が継ぎ足されていくようだ。本を読むのも映画を観るのも、先達《せんだつ》のアイドルに学ぶのも、マイナスになることは何もない。今まで無軌道に行っていた努力に、方向性が定められたようだった。めるすけが似ていると言うのなら、阿賀沼沢子はきっと、正しく成功した赤羽瑠璃の未来像になる。

「将来は、阿賀沼沢子さんのような素敵なアイドルになりたいです」

それは多分、めるすけの理想のアイドルになることに等しかった。

相変わらず、東京グレーテル自体が目立たない地下アイドルだったし、瑠璃はその第二期生、少し目立つだけの下っ端でしかない。

だが、今の瑠璃には信仰にも似た指針があった。どんなことが起こっても、きっと揺るぎなく自分を導いてくれる確信の糸が。もう辞めようとは思わなかった。就職しためるすけは、きっと自分に会いに来てくれるだろう。これからも、飽くことなく。

瑠璃が実際のめるすけに会ったのは、それから半年後のことだった。

東京グレーテルの握手会は、選抜メンバーの七人しか参加しないのが常だった。しかし、その時は規模が拡大され、十二人が参加することになった。瑠璃は、栄えあるその十二人の中に入ったのだ。こんなことは初めてだった。少し前なら、瑠璃はここにいなかっただろう。

他のメンバーには全く及ばないものの、瑠璃の列にも数人のファンが並んでくれていた。誰とも握手出来ないような状況じゃなくてよかった、と心底ほっとする。

その列の先頭に『めるすけ』がいた。

めるすけは、握手会で赤羽瑠璃に会いに行くことを公言していた。それだけじゃない。

同じグループの黒藤《くろふじ》えいら推しの友人と向かうことや、何のプレゼントを持って行くか、そして——どんな服装で赤羽瑠璃に会いに行くかも事前に呟いていたのだ。

瑠璃の黒い衣装に合わせているのだろう。黒いタートルに細身のスラックスを合わせたファッションは、どこにでもいそうな量産型大学生の格好だった。いや、今のめるすけは大学生でもないのだけど。

特定するのは簡単だった。どこにでもいるような風体《ふうてい》で、瑠璃に会いに来てくれるのはめるすけただ一人だった。深爪気味の手がすっと伸ばされる。

「いつも応援してます。ライブ楽しみです」

ヒールを履いた瑠璃よりも、背は少しだけ大きい。垂れ目がちな目が印象的な、普通の男だった。握った手だけが妙に冷たく、緊張しているのが分かる。

めるすけは爪を丁寧に手入れする方じゃない。多分今日は瑠璃の為に切ってきた。普段から、めるすけが上げる画像を見ていなければ、この気遣いにすら気づかないままだった。

「ありがとう。すごく嬉しい」

それだけ言って、思いきり握手をする。時間にすれば数秒にも満たないそれで、どれだけ感謝の気持ちが伝わったかは分からない。

「えっと、差し入れ……よかったら使ってください」

「あは、プレゼントじゃなくて差し入れって言うんだ」

「いや、そう……プレゼント。一応、ちゃんと選んだんで」

知ってる、ワイヤレスイヤホンだよね。黒の。

そう言いそうになって、どうにか留まる。めるすけのことはちゃんと見ている。知っている。ばねるりの傍にいつもあるものがいいと言って、奮発して買ってくれたのだ。本当はそんな高いものは要らない、と言いたかったけれど、瑠璃は、その中身をまだ知らないままでいなければ。

「ありがとう。私、頑張るから。ずっと見ててね。一生推してて」

「うん。見てる。応援してる」

もう一度そう言うと、めるすけはようやく離れていった。もし他の人の目がなければ、彼の名字を聞いてみたかった。下の名前はもう知っているのだ。渓介、に連なるものが欲しかった。

気づけば、瑠璃の前には長い列が出来ていた。半年前には考えられなかった状況だ。それとも、観測出来なかっただけで、瑠璃のことを応援してくれている人はいたのだろうか？

急に、立っている場所がしっかりとした舞台に感じられた。瑠璃は次の人を迎える為に、赤羽瑠璃の最高の笑顔を浮かべる。

めるすけ『ばねるり握手会終わった。最高だった』

めるすけ『ばねるりの目が、まるでメテオライトみたいだった。ばねるりは黒が似合う。あの大きな目にも星がある』

めるすけ『というか、ばねるりの握手列結構えげつなかったな。みんながばねるりの良さに気づいてくれたみたいで嬉しい』

めるすけ『ばねるりがみんなの一番になってほしい』

めるすけ『ばねるり一生推す』

一生推してて、と瑠璃は復誦《ふくしょう》する。

握手会の直後に、転機が訪れた。東京グレーテルの第一期生が全員卒業することになったのだ。

一斉に卒業することになるとは思わなかった。何だかんだ言っても、東京グレーテルはこのまま続くのだろうと思っていたのだ。でも、そうじゃなかった。夢から覚めるように、丸ごと卒業の話が出た。

まるで潮が引くような有様だった。このグループにさしたる未来がないことに気がついたのかもしれない。その判断自体は間違っていないだろう。東グレを出て他の夢を追った方が、人生を有意義に使える。オーディションを受けて別のグループの所属を目指すのもいい。アイドルとは全然関係のないところで新しい夢を見つけてもいい。

第一期どころか、瑠璃の同期である第二期生の中でも卒業を表明する人間が出てきた。

このまま東京グレーテルは解散になってもおかしくなかった。

なのに、二十五歳の赤羽瑠璃は東京グレーテルに残ることを決めた。浮かび上がれるかも分からない地下アイドルの方舟《はこぶね》に、依然としてしがみ付き続けたのだ。

「東京グレーテルに未来があると思う？　一緒に抜けようよ、瑠璃」

そう言ったのは、同期の黒藤えいらだった。黒と名字に付いているのに、彼女はピンク色の衣装を身に纏《まと》っており、それがよく似合っていた。童顔で背が低いえいらは、二期生の中では一番人気と言っても過言ではなかった。

「……未来はないかもしれないけど、まだ諦めたくないんだよ。先輩達がごそっといなくなったら注目を浴びられるかもしれないしさ。それに、えいらだって近藤《こんどう》先輩がいなくなるんだから、ピンク一人になるじゃん」

「そうだね。パステルピンクの近藤ネオがいなくなったら、桃色の黒藤えいらがたった一人のピンクになれるかも」

「そうなりたいって言ってたじゃん。近藤先輩との色被りがあるから目立てないのかもしれないって言ってたでしょ。私もそう思ってた。えいらが一番ピンクが似合うのにって。これからはえいらがピンクなんだよ」

「でも、それは所詮東グレのピンクだからね」

自分を蔑むような口調でもなく、ただの事実としてえいらが言う。その顔には穏やかな微笑が浮かんでいた。東グレのピンクが目指すべき目標だった頃を、彼女は忘れた訳じゃないのだろう。

「私は瑠璃より一つ年上だしね。それに、私、歌の専門学校出身だから。周りに才能がある奴も凡才も両方揃ってたの。んで、何となく実力と才能の相場が分かってるんだ。これ以上の場所は私にはないよ」

「もしかしたら、東グレがハネるかもしれないよ。こういう状況から売れたアイドルなんていくらでもいる。いや、これから私がそうする」

「いつか売れるかもしれないっていうのは私も信じてたことがあったけど。信じたからって報われるわけじゃないんだよね。普通な言葉になっちゃってごめんだけど」

「ううん。凡庸な言葉だけど、それが本当だって私も知ってる。いつか売れるかもしれないっていうのは信仰だよ。道半《なか》ばで倒れる殉教者になる可能性はいくらでもあるし、私はゴルゴダの丘まで十字架を背負って行くのかも」

それでも、瑠璃にはめるすけの言葉があった。

めるすけ『東京グレーテル重大発表か。キツいな。この感じだと全国ツアーとかそういう明るい話題ではなさそうだし』

めるすけ『東グレ解散はマジで無理だわ。ばねるりは勿論だけど、俺は東グレが好きだったから』

めるすけ『どんな発表でも、ばねるりが納得のいく形だったら嬉しい。ばねるりが輝いてくれるなら、それで一介のばねオタは幸せだから』
めるすけ『でもばねるり、アイドルやめないで……』

ここから先はただの荒野で、自分は何も得られないまま人生を食い潰されていくのかもしれない。けれど瑠璃には、この世でたった一人でも、ずっと自分のことを愛してくれている人がいる。見つめてくれている人がいる。

たった一人を神様にするのは危険なのかもしれない、とこの頃の瑠璃はまだ思えていた。けれど、今の自分には失うものなんか何もないのだ。喪失ですら、既に得た者の特権だ。なら、十字架を背負わされることを恐れる必要がどこにある？

「瑠璃、なんか変わったね」

えいらが真面目な顔で呟く。

「変わった？　前向きになった？」

「いや……そうじゃなくて。なんか、難しい言葉を使うようになったなって。なんとかの丘とか、前の瑠璃なら言わなそうだなって」

指摘されて、恥ずかしさに顔が赤くなる。最近の瑠璃の語彙《ごい》は、殆どがめるすけの好きな本から流れてきていた。けれど、友人と自分の大事な局面にすらそれが見え隠れするのは、ちょっと自分でもどうかと思う。誤魔化すように笑って、以前のようにへらっと返す。

「急に変かな」

「いや、いいんじゃない？　これからアイドル続けるなら、そういう方面の知識もつけて、気の利《き》いたコメント出来た方が重宝されるよ。最近、フリートークとかでも目立ってたしね。私、この間話題に出てきた昭和のアイドルの話全然出来なかった。ああいうところでも差が出るんだなと思ってた。瑠璃のそういう向上心が、私になかったものだよ」

そうじゃない。阿賀沼沢子のことなんか、瑠璃は全然知らなかった。

「その点でも、今の瑠璃は止まらない方がいいと思う。波に乗ってるよ。私は多分無理な側だったけど、瑠璃ならいけると思う」

「……えいらが引退するってなったら、ファンの人は泣くんだろうな」

「大していないよ。ファンなんか」

えいらが悪気なく言う。彼女の握手会の列は、瑠璃のものよりずっと長かった。比べものにならない。でも、それを〝大していない〟と言うえいらの感覚の方が、きっと正しい。

上等だった。たった一人に無限の重みを載せて、瑠璃は荒野を行く。


こうして、赤羽瑠璃は今の五人体制の東京グレーテルのリーダーに抜擢された。

東グレが広く知られるようになったのは、ここから先の一年が大きかった。

新生東京グレーテルとしてプレスリリースを打ち、他の少し名の知れたアイドルグループと合同ライブを行い、東京グレーテルの露出の機会を少しずつ増やしていった。

瑠璃が、今まで以上に気合いを入れて頑張っていたことは否定しない。フィードバックが大きくなればなるほど、瑠璃のモチベーションも上がっていく。どんな厳しいスケジュールでも、瑠璃は必ずオファーを受けた。どれだけ身体がしんどくても、眠気が容赦なく脳を苛《さいな》んでも負けなかった。どれだけ詰め込んでも、めるすけが一緒に走ってくれることを知っていたからだ。東京グレーテルが深夜帯の地上波に出た時、めるすけは嬉しそうだった。なら、ゴールデンタイムに出演したらどうなるだろう？　繰り返される試行錯誤と、何をしても返ってくるリアクション。

その先の景色が見たかった。赤羽瑠璃の地平線は、めるすけの瞳の中にあった。そこにある理想が、私も見たい。

めるすけ『まさかゴールデンタイムに東グレを見れるとは思わなかった。推し続けてよかった……。残業続きの身体にめちゃくちゃ沁《し》みる』
めるすけ『テレビに映ったばねるりのこと、多分一生忘れないと思う』
広野『@めるすけ　フォローありがとう。これ名城のアカだよね？』
めるすけ『@広野　うん。名城。ドルオタじみた呟きしかしないけどよろしく』

ある日、投げ込まれるようにめるすけの名字が判明した。インターネットに慣れていなさそうな新しい友人が、最後のピースを無造作に嵌《は》めた。

名字は名城だ。フルネーム、名城渓介。読み方は分からなかったが、それで充分だった。めるすけ『社の人と繋がったらいよいよ末期って感じするな、これ』

ロケバスの中で、すぐさま『名城渓介』の名前を検索した。他のメンバーにはバレないように慎重に隠した。ただ名前を検索するだけのことが、これほどまでに疚《やま》しい行いになるとは思ってもいなかった。

すると、驚くほどあっさりと、名城渓介の所属していた研究室が出てきた。宇宙情報処理・永居《ながい》研究室。宇宙情報処理のことなんか全然呟かないのに、と反射的に思ってから、はた、と気づいた。

瑠璃の目を星に喩《たと》えたあの言葉。

間違いない。名城渓介の専攻と、めるすけは結びついている。今までめるすけがしてくれていたものには遠く及ばないが、自分もめるすけを解釈出来ているのだ、という事実が嬉しかった。簡単な答え合わせが色づき、虚像ではない彼を見ていたのだと嬉しくなる。自分は名城渓介を知っているのだ。

そのままサイトをスクロールしていくと、研究室に所属している学生達の集合写真が出てきた。総勢二十五人くらいだろうか。ぐるる、と喉が鳴る。狩りの前のように、妙に目が冴えていた。舌先が痺れるような得体の知れない興奮をやりすごしながら、めるすけの姿を探す。

果たして彼は、一番後ろの左から二番目にいた。

画質の悪い写真の中で、めるすけはびっくりするほど変わらなかった。表情が硬いからか、多少老けて見えるくらいか。地味で冴えない顔つきと、ややフレームの曲がった眼鏡がたまらない。いつも会いに来てくれる時はコンタクトレンズを嵌めているのだろう。気合いを入れてくれているのだと思って嬉しくなった。これは、気づけなかった。

名前はＭＥＪＩＲＯ／ＫＥＩＳＵＫＥと読むらしい。めじろけいすけ。るはどこから来たんだよ、と笑ってしまう。

大学が割れたお陰で、めるすけが働いていたファミレスも連鎖的に割れた。通っていた大学の近くにジョナサンは一店舗しかない。大学が終わるなり直行していたようだから、自宅近くの方ではありえない。

めるすけはとっくに社会人で、もうここでバイトをしていない。

ということは、平日の日中に行けば、彼と鉢合わせることはないのだ。

明日は久々のオフ日だった。

めるすけ『なんだかんだ院生時代が一番楽しかったわ。こういうこと言い出すと終わりっぽいけど』

平日昼間のファミレスは、意外にも盛況だった。ランチを楽しんでいる主婦達や、この時間からワインをちびちび飲んでいる老人など、思い思いの時間を過ごしているようだ。

その中で、瑠璃はいつもよりずっと派手な服装をして座っていた。普段着けている顔隠し用のマスクも外している。見る人が見れば、赤羽瑠璃だとちゃんと分かるはずだ。

めるすけはバイトを休む時に、東京グレーテルのライブだとはっきり宣言していた。何度か東グレの動画を見せて布教を試みたということも。生憎《あいにく》成功しなかったようだが、同僚はその時に瑠璃の顔を見たはずだ。

瑠璃はわざわざ店員の顔を見て、丁寧に注文した。もしかしたら、誰かが自分を赤羽瑠璃だと気づいてくれるかもしれない。

そうしたら、既に辞めた名城《めじろ》渓介に連絡を取るかもしれない。お前の好きだったアイドルがバイト先に来たんだけど、という報告がされるところを想像する。そうしたら、名城渓介は喜ぶだろうか。

それ以上幸せな想像が浮かばない。多分、瑠璃にとってこれ以上のものはなかった。ファンの働いていたファミレスに来るのは、傍《はた》から見たら異常な行動だろう。だが、この頃の赤羽瑠璃を支えてくれたのが、この静かな狂気だった。

少なくとも、その頃の瑠璃は幸せだった。ファミレスで頼んだサンドイッチを食べながら、かつてここにいた名城渓介のことを想像する。

一線を越えた自覚はあった。けれど、誰に迷惑を掛けているわけでもない。自分はただファミレスに来ただけだ。アイドルとしての赤羽瑠璃を崩さない、密やかな遊びだ。自分の喜びの慎ましさが誇らしいくらいだ。これで満足出来るから、自分達の関係は純粋なのだろう。

駄目押しのように頼んだパフェを食べながら、もし名城渓介が自分に連絡をしてきたらどうしよう、と思う。そうじゃなくても、次の握手会の時にこのファミレスの話題が出たら。この近くに住んでいるのだと嘘を吐くべきなのか、近くのスタジオか何かに用があったと言っておくべきか。

めるすけは、握手会の時に余計なことを何も言わなかった。プレゼントのこと、応援しているということ、ライブや新曲の短い感想、そのくらいだ。こっそりと連絡先を渡してくることも、どうにかして瑠璃と繋がろうとすることもなかった。ただ、一生推す、という言葉を密やかに囁《ささや》くだけだった。

握手会の数秒では、瑠璃がどうしてここでサンドイッチとパフェを食べたのかを伝えられないだろう。そう思うと、どうにももどかしかった。アイドルの側が伝えるべき言葉に迷うなんて、何かが間違っているのかもしれない。

結局、店員から何かを言われることはなかった。恐らくは、かつての同僚が名城渓介に連絡することもなかったのだろう。めるすけのアカウントはいつも通りだった。

驚くほど何もなかった。何かあれば、瑠璃は絶対に気がつく。そういう目で、今まで見てきた。

けれど、そのことを残念に思っている暇もなかった。

軌道がゆっくりと変わった。落ちる方向に視線が向く。

めるすけ『今日は同居人がピザ食べたいって言うんでピザにしました。ピザ食べるの院以来だわ』

その呟きを見た時、瑠璃は思わずスマホを取り落としそうになった。絶対に『いいね』を押さないように気をつけながら、もう一度文面を読み返す。一語一句、自分の罪状を示す文がどこかにあるんじゃないかと、何度も。だって、罰が明示されているんだから、罪があって然るべきだ。

でも、そこには単にめるすけが院以来のピザを同居人と食べる以上の情報が書いていない。自分に失態がないことに、酷《ひど》い心許《こころもと》なさを覚える。改めて、自分と名城渓介の間には何の関係もないことを思い知らされた。

同居人とは、一体誰のことだろう。今までに知った情報を総動員する。

めるすけが大学進学以来ずっと一人暮らしであることは、呟きから知っている。卒業しても首都圏から出ていない。同居人は家族ではありえない。じゃあ、友人なのか？　あの研究室の中に、卒業後に同居するような仲のいい友人がいたのだろうか。でも、めるすけがやり取りをしているリアルの友人は誰もそんなことを匂わせていない。

――彼女のことかもしれない。

他の可能性よりもずっとしっくりくる可能性に思い至って、倒れそうになった。

わざわざ性別を隠すような書き方をしているのが気に食わなかった。さながら、アイドルが異性との関わりを脱臭するかのようだ。アイドルになると、男友達は単に友達と表記するし、力仕事をやってくれるのは全部兄ということにする。そういう細やかだけれど絶対にやらなくてはいけない配慮を、一般人の、しかも男であるめるすけが行っていることに理不尽な怒りを覚える。八つ当たりである自覚があるから、尚更手が付けられなかった。

ツイッターの過去ログを漁《あさ》っても同居人の存在は見えてこない。ということは、最近出来た恋人なのだろうか。最近の呟きにヒントがないか探してみたが『**男って誰でも一度は**

ミニカーを愛する時期がある気がするのに、今は何故か一個も残ってないよね』という、愚にも付かない呟きくらいしか見つからなかった。本当にミニカーを好きな時期があるものなのだろうか。少なくとも、マネージャーとかからは聞いたことのない話だ。それとも、彼らはみんなミニカーを愛していたことすら忘れて大人になったのだろうか？

恋人である、ということではないのかもしれない。そう言い聞かせて、呼吸を整える。

そもそも、恋人であったところで、瑠璃には全く関係がないことだ。瑠璃はアイドルで、めるすけはただのファンだ。なら、名城渓介は？　一体、何なんだろう……。

めるすけ『同居人と食の好みが全然合わないのが困る。夕飯の時に揉《も》めんのやだな。俺が

結構気がつかない方だってのもあるけど』
めるすけ『身長ほぼ変わんないのに電球替えるの絶対俺だしね』
めるすけ『LEDにしろ。それな』
めるすけ『同居人が新居決めてきた。こういうとこ尊敬してる。低層階っていうのが防犯的に怖いらしいけど、ベランダあるしそこで煙草吸えるからありがたい』
まみや『@めるすけ　新居遊びに行かせてよ』
めるすけ『@まみや　別にいいよ。同居人も間宮に会いたがってたし。出来れば甘い物買ってきて』
まみや『@めるすけ　オッケー。いいな、幸せそうじゃん』
　幸せそうじゃん、という曖昧で甘やかな言葉で確信した。友人同士の同居では、およそ使われないような言葉だからだ。それにしても、どうして「幸せそう」という形容は恋人同士の関係にしか使われないのだろう？
　東京グレーテルの活動が安定した頃、久しぶりに黒藤えいらと会った。その薬指に銀色の指輪が光っているのを見て、一瞬言葉に詰まる。えいらは、先んじて言った。
「面倒だから式は挙げてないよ」
「……なんかこう、早いね。東グレ辞めてまだ一年くらいじゃん」
「いや、別に東グレ時代からいたけどね、彼氏」

「え!?　そうなの!?」

「驚きすぎじゃない？　他にもいたけどな……ニーナとかそうだったはずだよ。ていうか瑠璃には教えてなかったんだ。こういう反応するタイプだしね」

えいらがけらけらと笑う。

「私の恋愛とか端《はな》から誰も気にしてないしね……。恋愛禁止っていうのは、ある程度売れた人間のみに課せられた制限なんだよ。ほら、果樹園とかに行くと、いくつまでしか取っちゃ駄目って言われるじゃん。……でも、それは果樹園に入れた人のみの決まりで……」

えいらの言っている比喩は野暮ったく要領を得ないのに、何故か心の内にすとんと馴染んだ。果実とは、今の自分達が手にしているものだ。えいらは他の幸せを見つけている。瑠璃も、恐らく幸せを手に入れている。果実の瑞々《みずみず》しさを比べるほど不毛なこともない。

「ばねるりはいいじゃんね。東京グレーテルの中で唯一本物のアイドルとして成功し始めてるんだから」

「いや、成功してるかは分からないよ。口さがない奴らは既に新生東グレはオワコンって言い始めてる人もいるしね。ああいうのからしたら、地上波に出たら終わりの始まりらしいから」

「そんなこと言ったら、私達二期生が入った時から東グレはオワコンって言われてたでしょ。私からしたら始まってすらなかったんだけどね、東グレは」

「それは言えてる。あの時が一番辛かった。辛いのは今もだけど」

「でも、瑠璃はずっとブレないね」

えいらが言うと、飲んでいたアイスコーヒーの氷がからりと鳴った。

「住む世界が違うとか思わない方がいいよ」

えいらは真剣な瞳で言った。赤みの強いシャドウが声の鋭さに合わせて光る。

「瑠璃とファンは同じ世界に生きてるんだよ。どんな人間でも、同じ世界に住んでるの。境界線なんてどこにもない。一生引いてもらえないんだ」

久しぶりに会おうと言いだしたのは、えいらの方からだった。瑠璃に余裕がないことを知って、気を回してセッティングしてくれたんだろうと思っていた。何故なら、自分達は東京グレーテルで、一緒にやってきた仲間だから。こうしてたまにお洒落《しやれ》なカフェで会って、息抜きをしなくちゃいけないから。

そうじゃない。えいらは明確に目的があって来たのだ。

えいらは知っている。だから、引導を渡しに来たのだろう。

「これ以上は駄目だって。知ってるんだよ。東グレの強火ファンでばねるり担の人のこと、よく見てるでしょ。これ以上は深入りしちゃ駄目だって」

「いや、ファンのことはちゃんと分かってるよ……ていうか、ばねるり担で強火って、別にそんな、数いないわけでもないし」

「料理人とか画家とかはさ、自分の作ったものを出すじゃん。作品を愛してもらうでしょ。でも、あんたは違うんだよ。あんたが出してるものは自分なんだよ。赤羽瑠璃を好きなファンは、赤羽瑠璃そのものが好きなんだよ。たとえキャラを作っててもさ、その愛を受け止めるには、多分それなりの心構えが必要なんだ」

「私が勘違いするタイプに見える？　ていうか、なんでそんなこと言われなくちゃ……」

えいらは、めるすけの名前を出さなかった。

それが最後の慈悲なんだろう。多分、今の瑠璃はおかしくなっているし、傷ついてもいる。めるすけのツイッターに現れた『同居人』の単語を見て、えいらは何を思っただろうか。というか、めるすけがえいらにとっても観察対象であることに苦笑しか出ない。えいらはどんな気持ちでめるすけを見ていたのだろう。

——いや、相手はファンだから。あっちがガチ恋になるならまだしも、こっちはそうはならないでしょ。

そう言えない時点で、瑠璃の負けだった。

「だから、自分で境界線があるふりをするしかないんだよ」

えいらの実のあるアドバイスを、瑠璃はちゃんと指針にしたかった。境界線を他人が引いてくれるようなことはない。その言葉を胸にアイドルをやっていたかった。

少なくとも、瑠璃は名城渓介の名前を知るより先に、その真理について知っておくべきだったのだ。

いや、全てが手遅れだったのかもしれない。

あの時、めるすけの言葉を見つけてしまった時から。めるすけの薦《すす》めてくれた黒を着てしまった時から、もう赤羽瑠璃は名城渓介のことが好きになってしまっていたのだ。

でも今更遅い。今更遅いかもしれないけれど、どんなことがあっても瑠璃はめるすけと付き合うつもりなんてなかった。だって、赤羽瑠璃は本物のアイドルだから。ファンと繋がることはない。瑠璃はそういう自分のことが好きだし、めるすけだってそのはずだ。

だから、名城渓介は恋人なんて作らないで、赤羽瑠璃のことだけを好きでいてくれればよかったのに。

めるすけ『子供の頃に好きだったミニカー、実家でいくつか見つかったらしい。取っておいてもらえてるとは。捨てていいっていうのもなぁ』

めるすけ『東グレの冠番組地方限定かと思ったら配信してくれるらしくてほんとありがたい。ばねるり……』

めるすけ『ば、ばねるり……』

めるすけ『異動なるかも。部署変わったら残業なくなりそうでラッキー』

めるすけ『ベランダで吸うＬＡＲＫが一番好き。帰ってきたら即吸ってる』

めるすけ『やらかして同居人がガチギレしちゃってさ。マジでそろそろ本気で別れることになるかもしれん』

別れろ、と反射的に声が出る。別れろ。

めるすけは、よく彼女と揉める。というか、適切な時に適切な言葉を掛けられなかったり、驚くほど無神経な振る舞いをして、彼女に叱られるというのが正しい。食事の約束をすっぽかした話をツイッター上に悪気なく書けるということは、もっと粗雑な踏み躙《にじ》り方をしていてもおかしくない。

瑠璃に対して、あれだけ細やかな気遣いが出来る男とは思えないほど、名城渓介は気の回らない恋人なのだ。きっと彼は、恋人のことを解釈したりはしないのだろう。

言葉の裏を読んでくれることも、吐息の一つにすら意味を見出してくれることもない。解釈というのは、苦しいくらい愛のある行為だ。めるすけのように、妄想にすら近いほどの言葉を叩きつけてくれるのは、赤羽瑠璃を外側から定義してくれるのと同義だ。

ダイレクトメッセージを送ってやろうか。大好きな赤羽瑠璃からの誘いなら、流石のめるすけも――名城渓介も、連絡してきてしまうんじゃないだろうか？　今の彼女なんか捨てて、瑠璃の恋人になりたいと思ってくれるんじゃないだろうか？

いや、めるすけは繋がりなんか決して求めないファンだった。今よりずっと隙がある時ですら、めるすけは一線を引いていた。

当たり前のことだ。カフェで隣り合っただけで連絡先を交換しようとする男は気持ち悪い。アイドルと付き合えると思っているファンは害悪。気に入った相手ならば簡単に破ってしまえるような、ビニールみたいな不文律《ふぶんりつ》を侵《おか》さないから、めるすけは瑠璃の特別であったのだ。

苦しい。せめて、めるすけが男でさえなかったら。ファンの性別なんか関係がない、というのはアイドルとしての瑠璃の言葉だ。応援してくれるなら男女問わず嬉しい。

それでも、めるすけが熱烈に応援してくれる女のファンだったら。恋人の存在にここまで掻き乱されることはなかった。同居人という単語に吐き気を覚えることもなかった。瑠璃にとっての名城渓介は、狂おしいほどに恋愛対象だった。初めてプロフィールを確認して、男だと意識した時のあの感覚。隠しようもない肉欲がそこにあり、瑠璃はずっと見ないふりをし続けていた。もし、あそこでちゃんと自分の欲望に名前を付けられていたら。

いや、そうとも限らないのかもしれない。と、瑠璃は思う。瑠璃のめるすけは、言葉だけの存在だった。形を与えられたのは、握手会で触れ合ってからだ。最初の一言から、めるすけは瑠璃にとっての神様だった。戦友でもあった。誰にも伝わらない恋人でもあった。性別なんて関係がないだろう。めるすけがたとえ女であったとしても、彼女は赤羽瑠璃の堕ちるべき地獄として立ちはだかったのかもしれない。

いずれにせよ名城渓介は男で、赤羽瑠璃は彼のことが好きだった。

あまりに周到に用意された罠に笑うしかなかった。アイドルにガチ恋するファンの話はありふれている。なら、ファンにガチ恋するアイドルだって、本当はありふれているのかもしれない。

あれだけ無防備にＳＮＳをやっている名城渓介は、彼女の名前だけは頑なに出していなかった。周辺の個人情報は無頓着に流すくせに、分かりやすいからこそ流すのを避けやすい本名だけは明け渡さない。それがあまりにも象徴的で、歯噛みした。

めるすけ『ばねるりのソロアルバム手に入れた。ジャケットのばねるりが夕焼けをバックに映っているので、夕焼け合わせで撮ってみた』

その呟きには、ベランダから撮ったものと思《おぼ》しき、夕焼けの写真が添付されていた。めるすけの手が、赤羽瑠璃のＣＤを持っている。

本当に馬鹿だ。どうしてそこまで無防備で愚かなんだろう。

どうして自分のことをずっと見つめていて、一喜一憂する馬鹿な女がいると想像しないんだろう。想像してくれないんだろう。

自分の推しが自分のことを好きだなんて考えもしないに違いない。とても健全な思考回路だと思う。だから、瑠璃の方で軋《きし》みの帳尻が合うようになっているのだ。

後頭部の辺りに、ぴりぴりとした静電気のような感覚が過《よぎ》った。急いで被ってきたウィッグの中が蒸れて、汗疹《あせも》が出来始めているのだろう。数分も経たないうちに耐えられないほど痒くなって、後頭部を乱雑に叩いた。近くを通った通行人がぎょっとした顔でこちらを見る。

最寄り駅の名前は既に知っていたし、写真からは大体の位置が算出出来た。とうとうここまで来てしまった。名城渓介の本当のプライベートに触れられる位置まで。

——私はおかしくなっている。

めるすけの純粋な愛情に対して、邪《よこしま》な感情しか返せなくなっている。そのことに気がついてもなお、止めることが出来なかった。一体自分が何を求めているのか分からない。住んでいるマンションを特定して、その先に何があるのか。

アイドルが自宅を特定されることはままある。その後に待っているのは、今瑠璃がやっているような家凸だ。自宅突入。でも、その先のビジョンが全く浮かばない。めるすけに会いたいわけではない。対面イベントでは、どうせ会うことになるのだから。

めるすけが『同居人』と暮らしているのは、駅から十分の八階建てのマンションだった。築年数は経っていそうだが、しっかりした造りの建物だ。ベランダもしっかりと付いている。どうしよう、と思いながら、上を見上げる。

すると、ベランダにスーツ姿の名城渓介の姿があった。

片手にスマホを持ちながら、気怠《けだる》げに煙草を喫っている。思えば、眼鏡を掛けているめるすけのことを、瑠璃は初めて生で見た。こちらには全く気づいている様子がない。

めるすけ『リプはいつも一服しながら返してます。禁煙したら浮上出来なくなるって』

電撃のようにその一文が閃《ひらめ》き、気づいた時には足が動いていた。二階に上がり、彼がいる部屋の前に立つ。ハンカチを取り出し、右手に巻く。黒いジェルネイルが責めるように光っていた。どれだけ変装しても、メンカラーのジェルネイルだけはそうそうオフ出来なかった。この為だけに替えるには爪への負担が大きすぎる。

果たして、鍵は開いていた。

自分が家にいる時は鍵を掛けないタイプなのだろうか。瑠璃からは想像も出来ないくらい不用心だった。そのまま中に入る。

そう広くもない２ＬＤＫだった。玄関に入ってすぐのところに、名城渓介の部屋があった。何故分かるかといえば、赤羽瑠璃のポスターが所狭しと貼ってあったからだ。分かりやすすぎて涙が出る。『同居人』はこの部屋を見てどう思っているのだろう？

左手に見えるのは洗面所と風呂場らしい。正面にはリビングが見える。恐る恐る、瑠璃は名城渓介の部屋に入った。理性なんか、欠片もなかった。

すると、ベランダの方から、からからと戸の開く音がした。

足音が近づいてくる。

選択肢はなかった。咄嗟にベッドの下に隠れる。

ベッドの下には、微かに埃が積もっていた。それでも、世間一般の基準よりはずっと綺麗にされているのが分かる。口元を両手で押さえて、呼吸を整える。心臓が狂ったように鳴っていた。自業自得なのに、涙が出そうになる。見つかったら終わりだ。何もかも。

部屋の扉が開いた。溜息を吐きながら、スーツ姿の男が部屋に入ってくる。当然ながら名城渓介だった。

スーツのジャケットを脱いで、丁寧にハンガーに掛けていく。クローゼットを閉める時の音がやけに優しく、解釈一致だな、と思った。めるすけはそういうことをする。

名城渓介は気づく素振りすら見せずに、数秒で部屋を出て行った。なのに、怖くて動けなかった。どうしてこんなことをしてしまったのだろうという後悔ばかりが胸を焼く。助けてほしい。反省している。赦《ゆる》してほしい。そうしたら、もう二度とこんな馬鹿な真似はしない。

助けを求めるように手を伸ばすと、爪がこつりとプラスチックの衣類ケースに触れた。よく見れば、成人男性用の大きなベッドの下は、半分ほどが衣類ケースで占められていた。そうして瑠璃は、ケースの中に詰められた自分と目を合わせた。

半透明の衣類ケースの側面に、自分の顔が透けている。今よりずっと硬い表情をした、垢抜けない自分だ。

今より少しだけ昔の赤羽瑠璃が、そこにいた。

Ａ４サイズの巨大なブロマイドにサインが入っている。東グレが五人体制になってから初めてのライブの時のグッズだった。必死で踊った瑠璃に、この巨大なブロマイドを差し出して笑ってくれためるすけを思い出す。手が言うことを聞かなくて、震えた筆跡が懐かしかった。

音を立てないように体勢を変えて、まじまじとケースの中身を見る。目を凝らして見つめると、その中にあるのは全て過去の赤羽瑠璃関連のグッズだった。コラボした化粧品や、ワンピースなんかもあった。全てがきっちりと隙間なく収められている。そこにある愛情を疑う余地なんてないほどに。

完膚なきまでに推されている。そのことが分かる。愛されているのではなく、推されていた。

衣類ケースの溝を、黒い爪が撫でる。

自分達の間にある途方もない断絶を感じるほどに、歩んできた道程がより輝くのは何故だろう。きっと名城渓介は彼女よりも赤羽瑠璃の方がずっと好きなはずだ。

だが、自分達が結ばれることは、きっとないのだ。

耳を澄ませると、微かにシャワーの音が聞こえた。抜け出すなら今しかなかった。

ベッドの下から這い出て、名城渓介の部屋を見回す。部屋に飾られているＣＤやグッズは最近の赤羽瑠璃のものだった。そうだ。めるすけはかくあらねば。赤羽瑠璃推しとして、名城渓介は本当に正しかった。彼ほど瑠璃を推してくれている人間もいないだろう。呆れるくらい、この部屋は瑠璃でいっぱいだった。

その中で唯一異彩を放っているのが、透明なケースに入った白いテディベアだった。瑠璃へのプレゼントではないだろう。めるすけが瑠璃に渡してくるプレゼントとは毛色が違う。ぬいぐるみなんて一度も渡されたことがない。それに、箱の側面にはメッセージカードが貼られていた。宛名が空欄になっている。几帳面なめるすけは、瑠璃宛のプレゼントには絶対に『赤羽瑠璃　様』と書く。他のアイドルへのプレゼントに紛れない為だ。

ということは、これは恋人へのものなのだろう。きっと、相手の誕生日か記念日が近いのだ。相手はぬいぐるみが好きなのだろうか？　そうでなければ、ちょっとロマンチックすぎるような気がする。この高そうなぬいぐるみを好きだと言える女に、瑠璃は戦わずして負けている。

自分には絶対に回ってこないだろうテディベアに、恐る恐る手を伸ばした。もしこれが手に入るなら、これから先、何も要らないと思うほど、欲しかった。

もし、浴室の扉が開く音がしなければ、そのまま手に取っていたかもしれない。脱衣所に響く生々しい生活音を聞くなり、瑠璃はベランダに出た。音を立てないように戸を閉めるのと、名城渓介が部屋に戻ってくるのは殆ど同時だった。

室外機の横に隠れながら耳を澄ます。大丈夫。気づかれていない。

ベランダには、名城渓介の吸っていたＬＡＲＫの臭《にお》いがまだ残っていた。銘柄を先に知っているから、そうだと分かる臭いだった。

下を見る。地面は案外近いし、草も生えていた。草が生えていれば平気だと、どこかで聞いた覚えがある。これはめるすけから得た知識じゃなく、地下アイドル時代に囁かれていた噂だ。

そして、瑠璃は二階から跳んだ。

赤羽瑠璃『階段からおっこちちゃいました！　痛いです！　研修生時代はよく転んだり、酷い時は舞台からころげ落ちたりしてましたから、その時のことを思い出しました〜』

両膝の打撲と腰の打ち身、そして腕の側面の擦り傷。罰はしめてその程度だ。紫色の痣は痛々しいが、隠せなくはないだろう。これが住居侵入の罪に見合うものなのかは分からなかった。

隠蔽工作は泣き顔の絵文字一つで済んだ。傷は来歴を語らない。ドジで可愛い赤羽瑠璃の失態と、名城渓介に付き纏うストーカーの決死行を同じワゴンに並べてもバレないわけだ。骨が無事だったのは幸いだった。これで来月のライブも安泰である。

瑠璃のツイートに、次々とリプライが飛んでくる。バレンタインライブの行方を心配する声が最も多かった。本望だ、と思った。自分の身体がコンテンツのパーツであることに安堵を覚える。あそこで捕まらなくて本当によかった。

リプライを確認していると、その中にめるすけのリプライを見つけた。めるすけはいつも通りのシンプルな筆致で『**大丈夫ですか？　ばねるりのことが本当に心配です！　無事でよかった。お大事に**』というリプライを送ってきていた。他の人達とまるで変わらない、普通の言葉。瑠璃以外の人間は、この一文の何が特別なのかを知ることもない。

大丈夫ですか？　じゃない。この肌が紫色に変色したのはお前の所為《せい》なのだ。着る予定だった半袖の衣装も再考することになるだろう。普通に身体が痛いから、明日からの稽古は地獄になるはずだ。全部私を心配しているお前の所為だ。ふざけるな。

とはいえ、司法の場に引き出されたら瑠璃が負けるのも確かだった。名城渓介のベッドの下で息を潜めている時、自分はやっぱりただの悪質なストーカーだったのだろうか？　それとも、あの場所で埃まみれになっていてもなお、めるすけは自分の味方になってくれただろうか？

いずれにせよ、あそこで名城渓介の前に出ていけなかった時点で、瑠璃の覚悟は測られたのだった。いきなり家の中にいる異常な女を、最愛の推しを、受け容れてくれるかどうかで確かめられるこれからがあったのだ。馬鹿げた話だけど、瑠璃はあのベランダで名城渓介が自分を見つけてくれる想像をした。

そこから始まったかもしれないありとあらゆる可能性に懸けられなかったのは、瑠璃の方だった。けれど、あまりに分が悪すぎる。

名城渓介の部屋にあった白いテディベアを買ってやろうと思ったのだが、なんと、もう手に入らないものだった。とあるアパレルブランドが受注販売を行ったもので、半年前に予約していないといけなかった。

ロマンチックなプレゼントだと、軽々しく言えないようなものだった。白くてふわふわなぬいぐるみはどんな女の部屋にあっても浮くだろうと思う。でも、いかんせんお値段が可愛くなかったし、特別だった。ちゃんと考えていないと用意出来ないものだった。

これを何がしかの教訓の証《あかし》だとするのは、ちょっとご冗談がきつい。手に入らない？本当に？　とスマホの画面を撫でた。

そうじゃないかもしれない。

私に手に入らないものがあるように、私だからこそ手に入るものがあるのかもしれない。

そう思い直すと、瑠璃はもう一度スマホに向き直った。

赤羽瑠璃『サンドオリオンの白いテディベア知ってますか？　今まで言ってなかったけど、私このブランドのファンなんですよね。絶対絶対欲しかったのに、受注販売のテディベアを頼むの忘れて泣いてます！　あーん神様時間戻して……』

バレンタインライブはつつがなく終わった。怪我をしているのに、瑠璃のパフォーマンスの質が落ちることはなかった。これも、毎日努力を重ねていた成果かもしれなかった。自分の実力が、こんな時であろうと裏切らないでくれたことを嬉しく思う。アイドルとしての自分に報いることが出来た、と思う。

めるすけ『バレンタインライブマジで最高だった。直前に怪我してるライブって、二年前のインストイベント以来だと思うんだけど、全然それを感じさせなかった。手袋してるばねるりが見られたのは結構珍しいかもしれない。推しが元気でよかった』

二年前のインストイベントの時、瑠璃は本当に階段から落ちたのだった。あの時の傷は今より全然浅かった。忘れていた記憶をさりげなく揺り起こされて、目を閉じる。赤羽瑠璃が階段から落ちたのは二度目なのだ。

記憶を外部に委託しているような、奇妙な感覚だった。瑠璃が忘れたことも、めるすけはずっと覚えていてくれた。小さい頃に好きだった玩具のことを、瑠璃はもう思い出せない。でも、もし瑠璃が小さい頃に遊んだミニカーの話をしたとすれば、めるすけはきっと覚えていてくれるだろう。

さて、バレンタインライブといえば、対《つい》になるイベントがあった。そう、ホワイトデーイベントである。バレンタインライブの物販で、赤羽瑠璃のブロマイド付きチョコレートを購入すると、ホワイトデーイベントで赤羽瑠璃に『お返し』という名のプレゼントを手渡し出来るというありがたいイベントだ。買わせて、なおかつ貰うのだからとんでもない企画かもしれない。ただ、愛がある。

ホワイトデーイベントの頃には、傷は完治していた。もう痛みの記憶すら薄く、瑠璃の中に残っているのは、名城渓介のベッドの下で感じた、途方もない寂しさだけだった。

そして、傷を失った瑠璃はめるすけと再会した。

対面のイベントは久しぶりだった。最近は瑠璃の方が忙しく、どうしても都合が付けられなかったのだ。

めるすけが来てくれることは知っていた。何しろ、ツイッターを見ているから。いや、ツイッターを見ていなくても、めるすけがこの場に現れないはずがないのだ。

コンタクトレンズを嵌めた、眼鏡のないめるすけをじっと見つめる。彼が列に並んでいる時から、瑠璃はずっと彼のことを見ていた。アイドルは全ての人を平等に愛さなければいけないので、きっと瑠璃はアイドルの地獄に堕ちるだろう。

でも、この期に及んでもなお、赤羽瑠璃は名城渓介のことが好きだった。

「久しぶり。来てくれてありがとう」

めるすけが何か言うより先に、そう言って笑いかける。星のようだと言ってくれた瞳は、ちゃんと輝いているだろうか。輝いてくれているはずだ。

「えっと、怪我大丈夫？　心配してた」

「大丈夫だよ。心配してくれてありがとう。前も似たようなことあったから。本番前に怪我するの」

「二年前のインストライブ？」

「正解」

めるすけに教えてもらった正解を笑顔で告げる。めるすけは嬉しそうにはにかむと、手に持った紙袋から透明なケースを取り出した。

「ばねるりがサンドオリオン好きだと思わなくて。知ってたらちゃんと準備したんだけど。とにかく、ツイッターで言ってたのってこれだよね？　ちょっとした偶然で手に入ることになったから、これは、ばねるりに」

箱の中では、真っ白なテディベアが黒い瞳を輝かせていた。その目に、瑠璃の姿が映っている。思えば、このテディベアはあの日の瑠璃の罪をずっと見つめていたのだ。透明なケースを受け取りながら、瑠璃は笑顔で言う。

「ありがとう！　本当に貰えるとは思わなかった」

側面には、小さな傷があった。まるで、メッセージカードを無理矢理剝がしたような跡だ。その代わりに、リボンに新しく付けられたカードに『赤羽瑠璃　様』という見慣れた字が躍っている。

「本当に嬉しい。これ、すごく欲しかったから。これさえあれば何にも要らないくらい」

ケースを手放しためるすけの手をもう一度、自分から握った。

「ばねるりがそんなにぬいぐるみ好きだなんて知らなかった」

「小さい頃好きだったんだけど、今も好きだなって思い直したの。だから今は集め直してる最中」

本当は尋ねてやりたかった。このテディベアを渡す時、どのくらい悩んだ？　半年前に注文した時、どんな気分だった？　同居人は部屋にあるテディベアのことを見ていたと思う？　このプレゼントは何の為だった？　何を待っていた？　誕生日？　ホワイトデー？　このテディベアの代わりに、一体何を渡した？

それによって、少しでも二人の関係にヒビは入っただろうか？

「誰でも一回は好きになるものってあるよね。ぬいぐるみとか、電車のおもちゃとか、あと、ミニカーとかね。そういうの好きだった気持ちを忘れたくないんだ」

「ミニカーは、確かに……俺も好きだった」

「そういうの、ちゃんと取っておいてる？　好きだったものは大事にしておいた方がいいよ。絶対に捨てないで。私も、このテディベアちゃんと飾っておくからね、一生」

瑠璃の言葉は、どんな風に名城渓介に響いているだろう？　それを知る術はない。ただ、今の自分の瞳が一番輝いていることは確かだった。

一生推せ、と心の中で囁く。一生推せ。

きみの長靴でいいです

二十八歳の誕生日に贈られたプレゼントはガラスの靴だった。

なかなか洒落《しゃれ》た業界にいる自覚はあったものの、こんなプレゼントを貰ったのは初めてだった。光を受けて輝くガラスを見て、思わず口元がゆるむ。シンプルな流線形をした、光を帯びて輝く魔法の靴。小さい頃は絵本の中のこの靴に憧れていた。夢に見るほど大好きで、自身の作ったブランド名にも使ったくらいだ。それが今や目の前にあるのだ。

「どうしたの？　これ」

妃楽姫《きらき》は努めて冷静に尋ねる。何しろ、彼女は何も知らないお姫様ではなく、気位の高い女王だ。どんなものでも、まずは自分に見合う物かを精査するところから始まる。こんなに沸き立つものであっても、まだ気に入るかは分かりませんよ、という態度を見せる。

「妃楽姫に履かせたいと思ったから。この世界で一番妃楽姫に似合う靴だと思ってる」

妻川《つまかわ》は少しも照れることなく、ガラスの靴が入った箱を差し出してくる。その躊躇《ためら》いのなさに、妃楽姫は思わずのけぞってしまいそうなほどだった。駄目だ。気圧《けお》されてはいけない。妻川の前での灰羽妃楽姫《はいばねきらき》は、いつだって不敵でなければいけない。こんなものじゃ、まだ負けない。

気に入らなければ、彼の目の前でこれを叩き割ってもいい。そのくらいの気概がなければ、妻川だってもの足りないだろう。

「履かせたい、って。これ本物のガラスなんでしょ？　割れそう」

「でも履けるように作ってあるから。二十四センチのガラスの靴、作るの結構大変だったんだけど」

「これ、本当に信じていいの？」

妃楽姫が訝しげに言うと、妻川はにっこりと笑って床に膝をついた。周りに客がいないお陰で、こんなことまで出来てしまうのが恐ろしい。わざわざレストランを貸し切ったのは、この演出の為だったのだろう。

妃楽姫は椅子に座ったまま、向きだけを変えて妻川を見つめる。彼の手が、妃楽姫の履いていた赤いハイヒールを優しく脱がせた。

現れた素足に、妻川は恭《うやうや》しくガラスの靴を履かせる。サイズのぴったりと合ったガラスの靴は、妃楽姫の足に正確に収まった。ガラスの表面が肌に吸い付き、重みがある靴なのに脱げたりはしない。この辺りも完璧に誂《あつら》えられているのだろう。素晴らしい、と心の中で呟く。これは本物の魔法の靴だ。

妃楽姫は足を組み替え、もう片方の足を妻川に差し出す。彼はとてもゆっくりと魔法を掛け、妃楽姫の靴をガラスの靴に換えてみせた。光を浴びてキラキラと輝く足先を、子供のようにぱたぱたと揺らした。遠目から見れば、これは輝く素足に見えるのかもしれない。

「立ってみて、妃楽姫」

言われるがまま立ち上がる。ガラスの靴は砕けることなくしっかりと妃楽姫のことを支えていた。

「そのまま歩いてみて」

妃楽姫は背筋を伸ばし、黒いドレスを揺らしながらガラスの靴で歩く。重くて少し歩きづらいけれど、靴としての役目は最低限果たしている。シャボン玉に包まれたような足を遊ばせて、妻川の前でくるりとターンをしてみせる。すると、妻川が拍手をしてくれた。シンデレラの絵本は嘘じゃない。これはちゃんと踊れる靴だ。

「どう？　ガラスの靴の履き心地は」

「悪くない。少し重いけど」

「やっぱり現実にガラスの靴を作ろうと思ったら重さの問題があるんだよな。職人が頑張って薄くしてくれたんだけど。それに透明度の点もまだ気に食わない」

「でも、踊れなくはないね。あの童話は正しかったわけだ」

「それでも、妃楽姫に履かせるにはまだ足りないと思う」

妻川が真剣な目をして、そう呟く。変なところで凝り性なのは昔から変わらない。妃楽姫はこれでも充分に嬉しいのに、妻川の中の理想には足りないのだろう。灰羽妃楽姫に履かせるのなら、もっと夢のような靴でないと。それが分かっているからこそ、彼女は微笑みながら返した。

「そうだね。じゃあ、次のガラスの靴はもっと綺麗で軽いものになるのかな？　タップダンスも出来るくらいに」

「うん。今回は妃楽姫の誕生日までに仕上げようと思って焦ったけど、一年あるならもう少し改善出来そうだ。来年の誕生日は、もっと綺麗なガラスの靴が贈れると思う」

「もう来年の話をしてるの？　鬼が笑いそう」

「でも、そう思わない？　来年の灰羽妃楽姫が受け取る靴は、もっと美しいよ」

そう言って、妻川は妃楽姫の足下に跪《ひざまず》いた。ガラスの靴の爪先に触れて、笑顔で言う。

「妃楽姫。お誕生日おめでとう。君が生まれてきてくれてよかった。君に出会えたことは、僕の人生にとって最高の幸福だった。──これから毎年、僕は君にガラスの靴を贈るよ。君の足に合うガラスの靴を、君が生きている限り。だから、ずっと君は灰羽妃楽姫でいてくれ」

「……妻川に言われなくても、私はずっと灰羽妃楽姫。あなたにジャッジされる謂《いわ》れはない」

「知ってる。それでこそ」

「でも、待っててあげる」

妃楽姫は、少しだけ熱の籠もった声で言う。ガラスの靴の前に跪き、これから先の一生を誓ってくれる男に言う。

「私はずっと、これからも灰羽妃楽姫。だから、あなたも一生妻川英司《えいじ》でいて。私達はベター・ハーフでしょう？　……いつか貰える、本物のガラスの靴を待っていてあげる」

「……ああ。期待していてくれ、妃楽姫。これからも、僕の人生は君のものだ」

妻川が、愛おしげに妃楽姫を見つめる。その目には揺るぎない愛情と、隠しようのない敬意が滲《にじ》んでいた。ぞくぞくと背筋《せすじ》が震える。自分の手の中に、一人の男の命があるような錯覚を覚える。愛おしい、と心底思った。

そんな男の婚約報告を聞いたのは、この直後のことだった。

■サンドオリオン・灰羽妃楽姫　独占インタビュー（抜粋）

「『サンドオリオン』が他のブランドに比べて特別独創的なわけではないと思うんですよ。私のセンスにも先人達の偉大な積み重ねがあるわけですし。私は結構モチーフから考えることも多いから、その点でも発想の面では固いのかな、と」

「でも、私の作るファッションには、自分では譲れない『好き』がありますから。私はサンドオリオンの服を着ている時に死にたい。これが死《し》に装束《しょうぞく》になってもいい、がコンセプトなんです。自分の生き様を語れるファッションを作ろうっていうのが、サンドオリオンの一番大きな骨だと思います」

「だからどんな場所であっても、どんな人であっても、着たい人がサンドオリオンを着ればいいと思ってる。サンドオリオンの中にはシンプルめのものとか、あとはオフィスカジュアル寄りのサブジャンルもありますから、使い分けが出来るように。どんな場所であっても自分の納得したものが着られる世界になってほしい」

「サンドオリオンは私の祈りですよ。サンドオリオンが誰かを守ってくれる鎧《よろい》になってほしいし、誰かを飛ばせる羽でありたい」

「私生活で悩むことってあんまりないですね。サンドオリオンを作ることで、私の中の魂も救ってもらっている気がします。正直、いつも楽しいことしかしてない。インスピレーションがどこから来るかって言ったら、楽しさだから。自分が何にワクワクして、どれを楽しめるかっていうのをちゃんと捉えられていないと想像の核がブレる」

「サンドオリオンに関わってくれる全ての人に感謝してます。ショップスタッフ一人一人もサンドオリオンを支えてくれる愛すべき仲間だと思ってるし、それに縫製を担当してくれる皆さんも。細かいところでいうと、サンドオリオンのカタログ写真を撮ってくれる妻川さんとか、いい広告を打ってくれる塚田《つかだ》榮美《えいみ》さんとか。ブランドっていうのはプロモーションであるので。世間に向けた『言葉』を作ってくれる仲間は頼もしい」

Q、あなたにとって灰羽妃楽姫とはどんな人ですか？

「えー、言っとくけど、神。きらきーの作る服って、見てるだけでワクワクするんだよね。あれを見ると、自分ってこういう服が着てみたかったのかもなって思うんだよ。サンドオリオンの服って色んな種類があるから、自分に似合うものも絶対見つかるし」

「バイト代貯めて初めてサンドオリオンの服を買った時、嬉しかったな」

「きらきーはカリスマなのに親しみやすいところが好き。色んな人に丁寧だし、バラエティに出てる時もかっこいい。敬語使わないのにあんなに育ちよく感じるのが不思議」

「若い人が言う『きらきー』こと灰羽妃楽姫って、一昔前のアイドルと同じなんですよね。昔のアイドルとかアーティストって、もっと自分の素を見せなかったじゃないですか。灰羽妃楽姫は、私生活の場面を殆ど見せない。見せてもそれはスターとしての私生活。その点を徹底してるのが素晴らしい。サンドオリオンが成功したのも、こういう感覚があるからなんじゃないでしょうか。サンドオリオンは特別な、本物のスターが率いているブランドなんだって、誇りを感じます」

■灰羽妃楽姫・公式プロフィール

日本のファッションデザイナー。

十八歳の時に「サンドオリオン」を立ち上げ、自作の洋服をネットショップで販売。その独創的なセンスから瞬《また》く間に支持を広げた。

デビュー当時から次世代のファッションの担い手、期待の新鋭として多くのメディアに取り上げられる。

また、テレビで取り上げられた際に、ＳＮＳのトレンド二位に急上昇。ブランドの規模からは考えられない注目を集めた。その後「サンドオリオン」は急成長。

今や若者だけでなく、洗練されたデザインを求める全ての人々に愛される一大ブランドとなった。

サンドオリオンというブランド名は、フランス語でシンデレラを意味するサンドリヨンと、空に輝くオリオン座に由来し、天翔《あまかけ》る星の靴を手に入れた新時代のシンデレラ像を掲げている。

ガラスの靴を貰った三日後、妃楽姫は高校からの親友である汀《みぎわ》花恵《はなえ》を自分のマンションに呼び出した。今すぐ誰かに話さなければおかしくなってしまいそうな状況だった。

ガラスの靴は赤いクッションの上に載せてサイドテーブルに飾っておく。この靴こそが妃楽姫の正気を失わせる狂気のガジェットである。それにしても、その凶器の美しさと言ったら！　殺傷力が凄まじいのに、室内の明かりの下で、それは大変美しかった。穏やかで、静謐《せいひつ》ですらある。憎らしい。

親友を迎え、テーブルにオードブルを並べてワインを開ける。そして、妃楽姫はおもむろにきり出した。

「妻川が結婚します」

まるで死刑宣告でも受けたような声だ。実際に、妃楽姫の首には縄が掛かっている。倒れ込めばそのまま絞まり、命を奪われるような状況だ。サイドテーブルに飾られたガラスの靴に目をやりながら、花恵が緊張した面持ちで返す。

「その……おめでとう？　でいい？」

「おめでとうだったらこんな声で言ってないんだわ」

「もしや妃楽姫ではない？」

「妃楽姫ではないです」

花恵の顔が歪む。そして、ガラスの靴と妃楽姫のことをまた交互に見た。オーケイ、分かっている。お伽噺《とぎばなし》的な文脈で、それをハッピーエンドの鍵だと見なしているのだろう。しかし、そんなことはない。これはただの靴だ。それ以上でもそれ以下でもない。量販店で売っているのとそう変わらない。

「嘘でしょ？　こんなもの貰っておいて振られたの？」

「振られたも何も。告白されたことも告白したこともないので……」

そう。妃楽姫と妻川の関係は始まる前からエンドロールを迎えた映画のようなものだ。倉庫に葬られた幻の一作である。その実在を信じていたのも妃楽姫だけだから、本当に筋金入りの幻覚だったわけだ。

「あのね、でも、私さあ……妻川は私のことが好きだと思ってたんだよ。本当に」

「いや、確かに……そう考えてもおかしくはなかった。だって、妻川さんとってどのくらいの付き合いだっけ？」

「十年」

「その十年の間に色々あったでしょ。それはもうドラマティックな思い出が。それなのにここ二人が付き合わないなんてこと、ある？」

「私もまだ信じられない……。でもさ、私にガラスの靴をくれた男は、来月知らない女と結婚するんですってよ。ガラスの靴くれたのに。ガラスの靴くれたのに！」

ドライトマトをつまみ上げる手の指には、赤いジェルネイルが施されていた。灰羽妃楽姫を象徴する赤色は、妻川の好きな色だった。だから、妃楽姫の爪はいつだって赤系統で塗られている。ここから先、自分はどんな色で爪を塗ればいいのだろう？

途方に暮れながら、妃楽姫はこの十年の物語を回想する。お蔵入りにするには勿体《もったい》ないほどの、甘やかで特別な思い出だ。

灰羽妃楽姫が妻川英司と出会ったのは、まだサンドオリオンが駆け出しの時期だった。迷惑メールに紛れて入っていた『妻川英司』の名前に、最初はスパムを疑った。妻川といえば、当時から有名なベテランカメラマンだった。アマチュアが抜けない駆け出しのデザイナーがコンタクトを取れるような相手じゃない。それが、わざわざ自分にメールをしてくるなんてあり得ない。

それでも会う約束を取り付けたのは、その当時のサンドオリオンには妻川英司が必要だったからだ。本物じゃなくてもいい。笑い者になってもいい。妻川英司が待ち合わせ場所である渋谷《しぶや》のカフェに来る可能性が欠片《かけら》でもあるなら、そこに賭けるしかなかった。

果たして、そこに妻川英司は来た。雑誌に載っていた近影と、全く違わない姿だった。力の抜けた洒脱《しゃだつ》な様子で、大きな眼鏡を掛けている。この間特集されていた、ブランドものの伊達《だて》眼鏡だ。その時点で、少し気圧されていたのだと思う。

「こんにちは。今日は時間を取ってくれてありがとうございます」

「……えっと、あなたは本物の妻川さんなんですよね？」

「そうだけど。見えないですか？　まあ、一眼レフを持ってれば誰でもカメラマンになれるような時代だもんね、今は。僕みたいなレベルなら知らなくても無理はない」

「謙遜するには厭《いや》みですよ、妻川さん」

その頃の妃楽姫は黒いままの髪の毛をショートボブに揃えていた。自分の作った『サンドオリオン』で全身を固めているわけでもなく、メイクだってそこらの女子大生とそう変わらなかった。カリスマデザイナーと名乗れば失笑されてしまいそうな、没個性でつまらない顔。おまけに酷《ひど》い猫背が染みついていた。

つまり、今のような麗しき灰羽妃楽姫ではなかった。セルフプロデュースなんか全くしていなかった。ガラスの靴なんか似合わない灰被《はいかぶ》りのままで、一人震えていた。

「……それで、私に何の用が」

「メールにも書いたけれど、サンドオリオンの写真を僕に撮らせてほしい」

妻川は真剣な目をしてそう言った。

「……どうしてそんなことを？　自分で言うのもなんですが、サンドオリオンはまだ駆け出しです。商品写真を撮るのにカメラマンを雇っている余裕はないわけで」

「でも、商品写真の影響がどれだけ強いかは分かっているはずですよね？　どういう色合いで出るかとか、どんな風に撮るかで商品の印象は変わっていきます。君だからこそ、本当はここを妥協したくないはず」

その通りだった。ファッションブランドにとって、商品や着用モデルの写真はとても重要な要素だ。顧客の多くが目にするのは、実際の商品ではなく、写真である。訴求力のある画《え》があれば、ＳＮＳでの拡散だってされやすい。

今は妃楽姫がスマートフォンで撮っている、素人臭い代物だ。もしあれが妻川の写真になったら、流れが変わるかもしれない。写真は誰がどう撮るかで驚くほど変わる。美的センスだけで業界を渡っていこうとしている妃楽姫には、それが痛いほど分かっている。

「……じゃあ、」

「最初は金なんか払わなくていい」

「え?」

「断言する。サンドオリオンはこれからもっと大きくなる。その時に返してくれればいい。だから、僕をサンドオリオンに嚙ませてほしい」

「どうして、そんなことを?」

さっきと同じ言葉を、少しだけトーンを変えて言う。

妻川はゆっくり頷いてから、静かに言った。

「僕は灰羽妃楽姫という才能に惚《ほ》れている。君の力になりたいんだ」

そして、妻川英司は当時出ていた商品の写真を全て撮り直した。サンドオリオンの躍進にこの写真の影響がないとは言えないだろう。名の知れたカメラマンが——妻川英司が関わっているということ自体がサンドオリオンに付加価値を与えたというのもあった。

妻川英司はサンドオリオンの行く先を変えたのだ。

それからも、妻川は妃楽姫の一番の味方であり続けた。

それだけじゃない。妃楽姫がどうあるべきかもさりげなく導いてくれた。

妻川はサンドオリオンの服を見て、その才能に惚れ込んでくれた。彼の中で、妃楽姫は稀代の天才デザイナーだった。自分の才能を世に問う探求者だった。たかだか二十そこそこの女に、妻川はカリスマ性を見出していた。

だから、妃楽姫もそれに乗ってみせた。妃楽姫も自分が天才だと思い込んで、かくあるべしと振る舞った。自身のブランドの服を身に纏《まと》い、髪を鮮やかな灰色に染めたのもこの頃だ。アイメイクを舞台女優のように仕上げ、不敵に笑う。妃楽姫はもう背を丸めなかった。派手なメイクを施し、どんな場面でもまっすぐに前を見据えた。

こうして、今の灰羽妃楽姫が生まれたのだ。不遜で自由で、ミステリアスな天才デザイナーが。

サンドオリオンを売り込みに行く時は、妻川が必ず付いてきてくれた。地方から海外に至るまで、マネージャーのような役割を兼任して、妃楽姫を支えた。

知らない場所に自分の商品を売り込みに行くのがどれだけ心細かったか、それを支えてくれる妻川がどれだけありがたかったか。元から一人ぼっちで立ち上げたブランドなのだ。共に守ろうとしてくれる人間の存在は、妃楽姫にとって奇跡に等しかった。

地方に旅行に行く度に、妻川はその土地で妃楽姫に見せたいものを紹介した。カメラマンとして方々に出かけていた彼は、どんな場所にも『とっておき』を隠していた。

鍾乳洞を見ながら深く感動する彼女に、妻川は言った。

「どんな場所に行っても、どんなものを見ても、妃楽姫にこれを見せたらどうなるだろうって思うんだ。一人でこの鍾乳洞を見てる時、妃楽姫が好きそうな場所だなって思ったらもういてもたってもいられなくてさ。最終的には本当に隣に妃楽姫がいると思って話しかけちゃったよ」

「それは流石に怖すぎ。どれだけ私のこと考えてるの？」

「あはは、妃楽姫に出会ってからは僕の人生は妃楽姫でいっぱいだよ。どんなことがあっても、妃楽姫のことをまず考える」

鍾乳洞の中は声がよく響くので、妃楽姫はこの甘すぎる言葉が恥ずかしかった。でも、妻川はよくこういうことを言ったし、灰羽妃楽姫はこんな言葉でいちいち照れたりしない。むしろ、気の利いた言葉を返すタイプだろう。だから、そうした。妃楽姫は笑顔で妻川に言う。

「私が見える？」

「……妃楽姫」

「私がここにいることを、ちゃんと見ておいて。妻川がどんな場所ででも私を見る分、ここにいる私のことを蔑《ないがし》ろにするんじゃないかって怖いんだ。だから、ここにいることをちゃんと見て。妻川の隣で、こうして同じものを見ている私を」

妃楽姫は妻川に微笑みかける。妻川の目に、灰羽妃楽姫が映っている。

「写真、撮ってくれない？　シャッターを切っても消えないことを確かめてほしい」

鍾乳洞に、シャッター音が反響した。その音が、今でも鼓膜の中に響いている。

この十年間は、妃楽姫の人生も妻川でいっぱいだった。

初めてパリに招待されて、日本の代表としてサンドオリオンを紹介した時、妃楽姫より先に泣いたのが妻川だった。大泣きする妻川がおかしくて、妃楽姫は逆に笑った。笑っているのに涙が出るのが不思議だった。そして、ワインを浴びるように飲んだ。前後不覚になるほど酔ったのは、あの時が初めてだ。

「多分、僕はこの瞬間の為に生まれてきたんだと思う」

パリの夜景を眺めながら、妻川はぽつりとそう言った。

「妃楽姫に出会えてない人生を考えると怖くなる」

「……随分感傷的なんだね。私という星を見つけたんだからいいでしょ?」

「それでも、だよ。だから多分、僕は無神論者でいられないんだと思う」

それは妃楽姫の言うべき台詞《せりふ》だった。もし運命というものがあるのなら、目の前にいる彼がそうだった。――出会えてよかった。心細い時に一緒にいてくれてよかった。見つけてくれて嬉しかった。ずっと傍にいてほしい。離れないでほしい。

その思いを隠して、妃楽姫は軽く乾杯をする。滔々《とうとう》と感謝を語るなんて灰羽妃楽姫らしくない。そんなものは、普通の女がやることだ。妻川が笑って、そのことがたまらなく嬉しかった。

細かい思い出も沢山ある。

次の新作のアイデアが浮かばなくて荒れていた時、支えてくれたのも妻川だった。もう描けないんだと泣く妃楽姫を宥《なだ》め、世話を焼いてくれたのも彼だ。嵐のような荒ぶり方をする妃楽姫を、よくもまあ見捨てなかったものだと思う。

妻川からすれば「天才の癇癪《かんしゃく》に付き合うのも僕の役目だから」という話だったらしい。そして妻川は、妃楽姫の為にやけに凝ったスープを作った。途方もない時間を掛けて野菜を溶かしている妻川を見ると、決まって気分が和《やわ》らいだ。

走馬燈のように、思い出が次々に切り替わっていく。待ち合わせをすると、妻川は一定の確率で花束を携えてやって来た。初めてその姿を見た時、妃楽姫は彼が何かしらの罰ゲームをやらされているんだと思った。赤を中心にした派手な花束は、遠目から見てもよく目立った。

「何それ？　誰にやらされてるの？」

「ああ。おはよう妃楽姫。これ」

派手すぎる花束が押し付けられる。思わず受け取ると、妻川はにっこりと笑った。

「ああ、思った通りよく似合う」

「……え？　何の話してるの？　私何か頼んでたっけ」

「いや、そうじゃないんだ。今日駅前の花屋さんを見たら、妃楽姫にそっくりな花があったんだ。だから、それを中心にした花束を作ってもらった。思った通りよく似合う」

真剣な顔つきでそう言うと、妻川はさっさと花束を回収した。移動中は邪魔だろうから、妻川が持っていてくれるらしい。家まで持って行くと譲らない彼に、妃楽姫は仕方なく花束を受け入れる。見る分には綺麗だったし、似合うと言われて嬉しかったからだ。

「最初見た時、罰ゲームかと思った。花束持って歩いてるの恥ずかしくない？」

「えっ本当に？　もしかして待ち合わせの時嫌だった？」

「嫌じゃない。周りはじろじろ見てたけど」

でも、周りの目だってそれほど嫌なものじゃなかった。俳優のように小洒落ている妻川が、灰羽妃楽姫に花束を渡している姿は、恐らくとても絵になっていた。

「嫌じゃないなら、これからも持ってきていい？」

「似合うものがあったらね」

「分かった。嬉しいな」

まるで自分がプレゼントを貰ったかのような顔をして、妻川はにっこりと笑った。

その後も、妃楽姫は花束を断れなかった。気取っているし恥ずかしいし、映画染みていて仰々しいけれど、妻川の持ってくる花束は厭味《いやみ》なくらいセンスがよかった。

妻川は妃楽姫のことをよく見ていてくれた。

妃楽姫が謂れなき批難をされている時は、表立って守ってくれた。記者に追いかけられている時も、変な奴らに纏《まと》わり付かれた時も、助けてくれたのは妻川だ。

妃楽姫に見せたいものがあると言って、連れて行ってくれた場所がいくらでもあった。

二人で夜景の綺麗なホテルに行って、屋上で星を見たこともある。星座早見盤を持参した真面目な妻川は、灰羽妃楽姫に一つ一つ星座を教えてくれた。妃楽姫の参考になりそうだからという理由で、色んな写真集を贈ってくれた。ワインの飲み方を教えたのも妻川だ。

一度、どうしてここまでしてくれるのかと尋ねたことがある。

妻川の行いは、仕事相手のデザイナーにやるにしては献身的だった。その癖、妻川の方は妃楽姫に何を要求してくるわけでもない。

下世話な話だが、妻川がここまで献身的だから、妃楽姫は男女の関係を求められるんじゃないかと思っていたくらいなのだ。行為の裏側には好意と愛情があって、求められたのはそういうトレードなんじゃないかと。けれど、妻川は献身を盾に妃楽姫に何かを要求するようなことはしてこなかった。

「僕と妃楽姫は一心同体だからね。ベター・ハーフって知ってる？　人間は、かつて二人で一つだったんだ。でも、不遜な人間に対して神が怒って、二人一組の完璧な人間を二つに分けてしまった。それ以来、人間は自分の半身を――ベター・ハーフを探し続けてる」

「……私達がその半身？」

妻川は、穏やかな笑顔を向けた。

「妃楽姫は何も気にしなくていいよ。元々、サンドオリオンがもっと世の中に広まるべきだって思いからやってることだし、僕は妃楽姫が幸せであればいいと思ってる」

妻川はいつものように言った。

「だから、妃楽姫はそのままでいい。僕は本気で、灰羽妃楽姫の名前が未来までずっと残ると思ってる。その助けになれるなら、僕は何でもしたい」

「……分かった。…………ありがとう、妻川」

妃楽姫が言うと、妻川はなんだか泣きそうな顔をした。他人のことでこんな表情を出来る彼が、不思議なくらいだった。気づけば、妻川と出会って長い時間が経っている。

「これからもよろしく」

「こちらこそ、妃楽姫」

妻川は妃楽姫の運命の相手であるはずだった。人生のどんな瞬間を切り取っても、そこには妻川英司がいた。妃楽姫と妻川は何度も熱愛報道を出された。妻川は気にしていないようだったし、妃楽姫は満更でもなかった。いつかこの報道が正解になる日を待っていた。

妻川がまさか自分以外の人間と結婚するだなんて思っていなかった。緻密な愛情の伏線の先にこんな結末があるなんて、誰が想像出来るだろう？

恐ろしいことに、妻川の結婚を告げられたのは、ガラスの靴を貰った直後のことだった。妃楽姫は赤いヒールに戻らずに、まだガラスの靴を履いていた。これを履いては帰れない。なら、このレストランにいる間だけでも、妻川の掛けてくれた魔法に浸っていたかった。

ガラスの靴を履きながら、夢を見るような口調で世間話を交わす。目の前の魔法使いは、恐ろしいことに妃楽姫の誕生年のワインまで用意していたのだ。その細やかな気遣いに、妃楽姫はすっかり酔っていた。

そして妻川は、豆知識を不意に思い出したかのような声で言ったのだった。

「そうだ。僕、来月結婚するんだ」

あまりに他愛のない様子に、反応が遅れた。

「結婚？　って、何？」

「え、結婚だよ。妃楽姫も流石にそれは忘れないだろ？　言ってなかったけど、式を挙げることになったんだ。あんまり規模の大きいものじゃないけどね」

「妻川、結婚するんだ」

「そうなんだ。仕事には影響ないと思うんだけど」

きっぱりと言われた言葉に、そこじゃない、と思った。

ずっと一緒にいた妻川と、結婚の二文字が結び付かない。けれど、冗談でもなさそうだった。冗談にするには、その二文字は何気なさすぎた。明日の天気を語るような声でドッキリを仕掛ける人間はいない。

身体の中で嵐が起こっているような気分になる。目の奥が熱くなって、視界が白っぽく滲んだ。今すぐ逃げだしたかったが、足にあるのはガラスの靴だ。割れはしないだろうけれど、走るには向かない。今まで履いてきたどんな靴よりも綺麗だけど、履き心地がよいとは言えない。

それに、似合わない。灰羽妃楽姫はいつだって飄々《ひょうひょう》としている天才デザイナーだ。妻川が見ていたのはそういう妃楽姫だ。どこか斜に構えていて、浮世離れした灰羽妃楽姫だ。妻川の結婚に取り乱して「え？　何で？　どこの誰と？　いつの間に？」とまくしたてる妃楽姫ではない。ましてや「なんで私じゃないの？」と涙目になるようではダサすぎる。

だから、妃楽姫は手元のバイオレットフィズを傾けながら、どうでもよさそうな声で言うしかなかった。

「へえ、そうなんだ。おめでとう」

こんなことを言う日が来るなんて思わなかった。ほんの数分前まで、妃楽姫は妻川に告白される気でいたのだ。何せ毎年綺麗になっていくガラスの靴を約束されたばかりだったのだから。けれど、妻川の中ではそんなこと頭にもなかったのだろう。

何しろ彼は結婚を決めていたのだ。ついでに言うなら、ハワイで式を挙げることまで決めていた。なんて形式張った面白みのないチョイスだろう。文句なしに幸せそうで、何とも言えない。規模が大きくないと言うなら、せめて国内でやってほしかった。ハワイなんて、ちょっと重すぎる。そんなことを思った。

「奥さん、こんな感じなんだ。今度実際に会わせたいな」

見せられた写真には、知らない女の人が写っていた。本当に知らない相手だ。見かけたことすらない。それなのに、妻川が撮った写真だからだろう。それはとても魅力的だった。撮っている人間の愛情が伝わってくるような写真だった。

全てを聞き終えた花恵は、グラスを置いて大仰《おおぎょう》に叫んだ。

「嘘でしょ？　妻川さんって妃楽姫のことが好きだったんじゃなかったの？」

「それ！　いや、私もそう思ってた。それだよ。いや、今でもそう思ってる」

「妃楽姫、貰った花束をちゃんと生けてたよね。長持ちさせる為に色々調べて玄関に飾ってた」

「萎《しお》れるのが寂しかったから。でも、妻川が一定周期で花束をくれたから、気づくと次のを生けられてたんだよ。楽しかったな」

「前に記者を追い払ってくれた時、妻川さんの額に傷がついたこともあったよね」

「そう。バインダーか何かの角が尖ってて、こめかみの辺りを切ったんだよ。まだ傷が残ってるはず。でも、妻川は気にしなかった」

妃楽姫を守れたんだからこの傷ですら嬉しいと言っていた。だから、申し訳ないと思いつつも、その傷を見る度に嬉しかった。二人で並んで歩く時は、いつも傷のある側を選んで歩いた。

「二人で色んなところに行ってたよね。旅行に行く時は絶対妻川さんが一緒だった」

「見せたいものが沢山あるっていうから、よく案内してもらってたんだよ。妻川が見せるものって大体私の好きそうなものなんだよね。好きなものが似てるから、テンションが上がるところをよく心得てくれてた」

「なのに妻川さん結婚するの？」

「そう。私じゃない誰かと結婚するの」

溜息を吐《つ》いて、ソファーに身体を凭《もた》せ掛ける。花恵が信じられないと言わんばかりに目を見開いているが、信じられないのは妃楽姫の方だ。――妻川は私のことが好きなんだと思っていた。そうじゃなきゃ、あんなこともこんなこともしてくれなかっただろうし、そんなこともこんなことも言われないと思っていた。

でも違った。妻川は特に灰羽妃楽姫のことを愛しているわけではなかったのだ。

気を失いそうになったので、ワインを呷る。そして、改めて尋ねた。

「客観的に見てどう？　妻川って私のこと好きだったと思う？」

「いや……うん、そうだな……正直、あれだけ二人で旅行して……あんなに花束とかプレゼントを贈ってきて……それで脈が全然なかったというのは……ない……んだろうか？」

「いや、ないことはないって！　これがドラマだったら急展開だよ！　ここで灰羽妃楽姫とくっつかない文脈って何⁉」

「うん、言いたいことは分からないでもないけど……」

花恵があからさまに困っている。あそこから振られることなんて――実際は振られるどころか、何一つ始まらなかったのだが——あるのだろうか？　妃楽姫はないと思った。シンデレラだって、ガラスの靴の場面の次は結婚式だった。あそこから義姉《ぎし》に負けるパターンなんて想像出来ない。子供だったら泣いている。

「でもさ、一回でも好きだって言われた？」

「言われた。……灰羽妃楽姫という人間が、世界で一番大切だとも言われた。妃楽姫が生まれてきてくれてよかった。妃楽姫に出会えたことは奇跡だったって」

妻川の言葉に嘘はなかった、と思う。長年の付き合いだ。それくらい分かる。

「告白されてはないいんだ？　付き合おうとも？」

妃楽姫はゆっくりと首を縦に振る。確かに、それは言われていない。

でも、妻川はこの十年、ずっと妃楽姫の傍にいてくれた。

辛い時は寄り添ってくれたし、力になって欲しい時は駆けつけてくれた。思い出したように電話をかけてきて、虹の存在を教えてくれたこともある。空に掛かる虹を見せたい相手は、愛なんじゃないだろうか。

妻川のインタビューを紐解けば、灰羽妃楽姫の名前がいくらでも出てくる。——私達は互いに影響を与え合うベター・ハーフで、運命の相手だった。

「確かに付き合おうとは言われてない。確かに恋人同士ではなかった。確かにただのビジネスパートナーだった。それは分かる。いくら二人でご飯に行ったとしても、確かにご飯を食べていただけだ。いい感じのバーに行っても酒を飲んだだけだ。妻川はそういう会合の度に私をイメージした花束をくれたけど、それは花束をくれただけだ。私も告白しなかった。でもそんなことってある⁉」

「付き合おうって言われてないから……いやでもそれは確かにな」

「そうでしょ⁉　確かにでしょ⁉　こんなので両思いだと思わない方がおかしいだろ！　というか妻川英司は私のこと絶対に好きだろ！　なんでただの友達に花束を贈るんだよ！　やめろよ！　愛の証明みたいになっちゃうだろうが！」

「え、肉体関係とか、ないんだよね？」

「あるわけないだろ告白されてないんだから！　一夜の過《あやま》ちとかもないよ！」

妻川はいつだって紳士的に対応してくれていた。旅行に行っても部屋は分かれていたし、酔った妃楽姫を介抱する時だって細心の注意を払ってくれていた。やむを得ない事情で同じ部屋に泊まることになった時だって、異様なまでに気を遣われていた。無理矢理身体に触れられたこともない。妻川はとても適切な距離を保ってくれていたし、妃楽姫のことを尊重してくれていた。

「ただものすごく大切にされて出会えてよかったって言われ続けてただけだよ！　何だよこの関係！」

大切にされていた自信はある。サンドオリオンを一緒に大きくしてくれた立役者だ。彼は最初に天才デザイナーとしての灰羽妃楽姫を見つけ、その仕事が広く伝わるようにしてくれた。

「私は、いつか妻川が告白してきてくれることを疑ってもいなかった。というか、ガラスの靴を履かされた時に、今日こそこの関係が変わるんだと思っていた。妻川が私に告白し、私はそれを受け容れて、新しい二人になれるんだと思ってたんだ……」

だって、ガラスの靴なんて特別すぎる。想像もつかないが、きっとお金も手間も掛かっているだろう。妃楽姫が履いて歩けるように細かく打ち合わせをして、誕生日に間に合わせてくれた。それでいて、妃楽姫が笑うところだけで酬《むく》われた気分になっていた。

なのに、告白されなかった。ガラスの靴は妃楽姫にぴったりと合っていたのに、彼女は選ばれなかった。告白されなかっただけならまだいい。ガラスの靴を履かされたままで、結婚の報告までされるとは思わなかった。

「何がいけなかったんだろう。というか、これからどうすればいいの？　私ってこれからも妻川と仕事するんだよ？　なのに、こんな……」

「何がいけないかっていえば……まあ、告白しなかったことだろうね」

「でも、両思いだと思ってたんだもん！　どうして？　こんなにエモい関係なのに恋愛にならないことある？」

「だからじゃない？」

花恵が真理に気づいた時のような声で言う。

「話を聞いてる限り妃楽姫も結構なこと言ってるよね？　普通の人間は洒落た言葉に洒落た風に返さないんだよ。妃楽姫の世界は妃楽姫の世界で、ちょっとした物語になってる」

「ちょっとした物語って……」

「私は妃楽姫がこうしてワインを飲んでクダを巻くような普通の女だって知ってる。でも、周りはそうじゃないんだよ。今まで妃楽姫は色んなものを見せずに暮らしてたでしょ」

確かにそうだ。灰羽妃楽姫はプライベートをとことん見せないで暮らしている。メディアに露出する際も、私生活は絶対に明かさない。もしくは、みんなが求める妃楽姫を出しておく。妻川にも――妻川だからこそ、妃楽姫は素を出してこなかった。

「思うんだけどさ、本当に共に暮らすべき相手に渡すのは、花束とかガラスの靴ではなく家の合鍵なんだよ。そして、交わす会話は運命だの出会えてよかっただのではなく『今お付き合いしている人はいますか？』だったんだよ」

「合鍵……」

思わず、傍らのガラスの靴を見てしまう。どう考えてもあれは鍵穴には入らない。そういえば、妃楽姫は妻川の家に行ったことがない。同じ部屋に泊まったことも殆どない。

いつかのハッピーエンドを待っていた。しかし、それを待っていたまま、自分は一体どこまで来たのだろう？

「私はようやく分かったよ、妃楽姫。あんたは大切にされていたかもしれないが、それと同時に物語の搾取《さくしゅ》を受けている」

「物語の……搾取？」

「ベター・ハーフと惜しげもなく言えるような綺麗で特別な女と、プラトニックなエモい関係を結んでいるという物語だよ。ガラスの靴なんか受け取ったから気づかなかったのかもしれないけど、魔法使いは妃楽姫の方だ。妻川は魔法をかけられて舞踏会に招待され続けていた」

妃楽姫が息を呑む。その間も、花恵は気づけとでも言わんばかりにワイングラスを空にしていく。

「あんたら舞踏会中毒だったんだよ。ずっと魔法を掛け合って、シャンデリアの下で踊り続けてた。性質《たち》が悪いのは、妻川がちゃんと灰被りに戻ってたところだ。舞踏会になんか行けないような平凡な人間にね。でも、童話と違うのは、灰被りは舞踏会に行かずとも、近くの村で幸せを掴んでたってこと」

「……舞踏会中毒」

言われてみれば、妻川との日々は華やかな舞踏会のようだった。非日常で彩られた灰羽妃楽姫の生活の中でも、とっておきの時間。どこを切り取られても、まるで出来すぎた映画のような洒落た関係。

「でも、人は舞踏会だけに出て暮らしてるわけじゃないから。むしろ町内会とかそういう世界の方と接続されて生きてるわけ。魔法が解かれた後で、妻川が着々と生身の世界を構築してたのがほんと、キモいけど」

「キモくは……ない……多分、妻川の方も、感覚が麻痺してたんだ。……その、私との間の……舞踏会中毒？　で」

ここで泣くなんて最悪だから、慎重に言葉を選ぶ。妻川に悪意があったとは思わない。きっと私達は、あまりに特別すぎたのだろう。と、妃楽姫は思う。……それだけだ。

押し黙る妃楽姫を見て、花恵が眉を顰《ひそ》める。こんな状態でもまだ妻川に未練のある妃楽姫が、哀れになったのかもしれない。口紅のすっかり取れた唇で、花恵が言う。

「……あのさ、まだ婚約段階なんでしょ。今からでも妃楽姫が勝てるルートあるかもしれないよ」

「え？　本当に!?」

思わずらしくない声が出てしまう。そして、花恵は言った。

「『結婚しないでほしい。私も妻川が好きだった』って言うんだよ。そうしたら映画の『卒業』みたいに妃楽姫を選んでくれるかもしれないよ。あれは男女逆だけど」

そして、妃楽姫は真面目にその話を検討した。ここからの逆転、妃楽姫のガラスの靴が本物に変わるルートを考えた。

幸い、翌日は妻川がオフィスに来る日だった。新作の写真を撮って、カタログを作るのだ。いつもなら楽しい仕事だった。妻川のカメラを通すと、妃楽姫の服は一層美しくなる。この瞬間が、妃楽姫は間違いなく好きなのだ。

「妃楽姫？　何か変じゃない？　イライラしてる？」

「……してない。平気。仕事も順調だし」

わざとぶっきらぼうに言って、妻川の様子を窺う。けれど、妻川は呆れるくらいいつも通りだった。妃楽姫を宥めて気持ちよく仕事をさせることしか考えていない。彼は妃楽姫が幸せであってほしい。分かっている。

「もし何かがあるなら、相談に乗るから。どんな小さなことでも妃楽姫の思うようにする。どう？」

思うようにするなら、結婚なんかやめてほしい。ハワイでの挙式も全部取りやめて、合鍵が欲しい。でも、そんな突拍子のないわがままも、検討したはずの言葉も、何一つ出てこない。

「……別に何もないってば」

やっぱり妃楽姫が好きだ。本当は妃楽姫のことが好きだった。そう妻川の方から言ってくれたらどれだけよかったか。でも、そうはならない。ここからの逆転劇なんか多分ない。

「……ちょっと疲れてるだけ。あんまり心配されても面倒だし、これ以上言わないで。いい？」

そうまくし立てると、ようやく妻川は妃楽姫から視線を外し、写真に集中し始めた。

シャッター音が鳴る中で、妃楽姫はじっと考える。

――果たして、自分は妻川のことを愛しているのだろうか？ そうじゃないのかもしれない。妻川があまりに自分のことを好きであるかのようなムーブをしているので、自分のものが取られるような感覚を覚えているだけなのか？ まるで獲物を取られた熊みたいに。

舞踏会中毒、という花恵の言葉が蘇る。特別な自分をもっと特別に変えてくれる魔法の時間が好きだっただけなのだろうか？ だとしたら、妻川は王子じゃなくて魔法使いだったわけだ。自分だって妻川から物語を搾取していた？

そんなはずはない。そんなこともない。頭の中で考える。灰羽妃楽姫の持つ物語性が妻川と自分をエモーショナルの網でがんじがらめにしたのなら、その物語に囚われているのは自分もなのでは？

――私は、駆け出しの自分を支えてくれたカメラマンとのエモい会話と雰囲気、そして花束に惑わされて、妻川英司のことが好きだと思い込んでいるのでは？ そう思うと、恐ろしくなった。

この業界に入ってから、言い寄られることは何度もあった。しかし、そういう人間の大半は若くして成功したファッションデザイナーに興味があるだけで、灰羽妃楽姫それ自体を好きでいてくれるわけではなかった。彼らが見ているのも、やっぱり魔法をかけられた後の妃楽姫なのだ。

自分はずっとガラスの靴を脱がなかった。だから、灰被りの幸せを得られなかった。舞踏会を終えた後の妻川は、お姫様じゃない相手と堅実な人生を組み立てていたのに。

なら、どうすればいい？　何が自分のハッピーエンドになる？

写真を撮り続ける妻川を見つめながら、妃楽姫はじっと考える。どうにかしなければ、という警鐘が鳴っていた。その大本《おおもと》は考えず、妃楽姫は次を目指す。


そうして思いついたのがこれだった。

大人数がわいわいと会話を交わし合う居酒屋で、黒色のウィッグを被った妃楽姫は、ゆっくりと微笑んだ。

「……工藤《くどう》良子《りようこ》です。よろしくお願いします」

伊達眼鏡の奥の目を細め、目の前に座った中肉中背の男を見つめる。

そうして妃楽姫が選んだのは、街コンへの参加だった。

灰羽妃楽姫には積み重ねてしまったキャラクターがある。それがある限り、同じ物語に巻き込まれるだろう。舞踏会中毒から抜けられない。妃楽姫はカリスマデザイナーとしていい感じのムーブをして、相手もエモい返しをして、合鍵には繋がらない、いい感じの交流に留まるだろう！

だから、別人になるしかなかった。身分証明書を必要としない街コンは混沌としていて、人数も多く収拾がついていていない。運営の仕切りも悪くて、同じ人間同士がずっと会話を続けている。お城で行われる舞踏会には絶対にならない。

でも、構わなかった。このくらい混沌としていなければ、誰かが灰羽妃楽姫に気づいてしまうかもしれないからだ。

もしこの中で、工藤良子のことを見出してくれたなら。その時は、嘘を吐いていたことを謝って、灰羽妃楽姫としてその人と向き合おう。自分の呪いを解いて、ガラスの靴を履いてみせよう。固い殻を破って、本当の自分を見せてあげる。

――だから、ドレスを着ていない私を選んでほしい。誰でもいいから話しかけてきてほしい。特別にしてほしい。とにかく選ばれたい。

そうして、ようやく妃楽姫の前に一人の男がやって来たのだ。男は戸張《とばり》と名乗った。戸張は特に特徴のない普通の男で、縒《よ》れたスーツを身に纏《まと》っている。そして、当たり障りのない会話が始まった。

「えーと、工藤さん。お仕事は何を？」

「仕事はデザイナーです。服飾系で……」

「あっ、すごい。なんかお洒落だ」

「戸張さんは何をされてるんですか？」

「塾講師です。中学生の」

「あ、すごい。なるほど」

「あんまり出会いがなくて。こういうところに来ないと」

「あ、私もそうです」

たどたどしく会話を交わす。何を話せばいいのか全く浮かばず、言葉が出てこない。

「……えー、工藤さん、趣味は？」

「えーっと……」

参ったな、と妃楽姫は思う。もし目の前にいるのが妻川なら、宝石研磨とでも答えるだろう。嘘を言っているわけではない。インタビューで答えた時に仕事の話に繋げやすいし、キャッチーで灰羽妃楽姫らしい。

けれど、それが心の底から好きなわけじゃない。何もしなくていい一か月の休みが与えられても、妃楽姫は宝石研磨をしたりしないだろう。休みがあったら、妃楽姫は多分ずっと寝ている。じゃあ、灰羽妃楽姫の核にあるものとは一体何だ？　考えた末に、妃楽姫は言葉を絞り出す。

「映画……を観ることです」

「あ、いいですね。僕も映画好きです」

一番当たり障りがなく、広がりやすい趣味を口にする。灰羽妃楽姫としては沢山の映画を観ているし、試写会にも呼ばれている。映画のファッションを参考にすることは沢山あるから、仕事の一環ではあるが、楽しんでいないこともない。現に、戸張の反応も悪くなさそうだ。戸張が勢いづいて口を開く。

「最近いい映画ありました？」

「えーと……『クレイマーズ』かな。話がサスペンスタッチで面白くて」

「へえ、名前知らないです。有名な監督のやつですか？」

「有名……かはちょっと分からないですけど、ほら『緋色の視線』とか撮ってるので。その映画では有名かも」

「あー……そっちも知らない。大学時代は結構観てたんだけど、働き始めてから本当に映画館行かなくなっちゃって。チェックしときます。他に何か好きな映画ありますか？」

「そうですね……『ジュールナイト・ウォーク』が好きです」

笑顔で答える。これは、妻川が好きな映画監督の作品だ。ちょっとマイナーだけれど、堅実な評価を受けている作品。妻川英司を特集した記事で、彼はこの監督の作品を好きだと答えていたから、映画の話題になる前に先んじて観ていた一本だった。名前も聞いたことがない監督だったけれど、灰羽妃楽姫なら観ていてもおかしくない一本だったからだ。

そしていざ妻川に好きな映画を尋ねられた時、妃楽姫は少し考えてから『ジュールナイト・ウォーク』と答えた。妻川は意外そうな、でも嬉しそうな顔をして言った。

「実は、僕もそれが好きなんだ。それっていうか、その監督がだけど」

「そうなの？　私以外にこの監督の作品を観てる人がいるとは思ってなかった。正直、この人マイナーだし」

「でも納得だな。妃楽姫は若いのにちゃんと古典を押さえてるから、当然観てると思ってた。あの映画の色彩には妃楽姫を感じさせるところがあるよ」

「あの映画の黄色の使い方が好きだったの。……暗い場面に場違いなくらい綺麗な色を置くでしょ。最初は趣味悪いなって思ったはずなのに、目が離せなかった」

「そう。あの映画において、あの色は邪魔なんだ。ストーリーへの没入を削《そ》ぐからね。でも、監督はどうしてもその黄色を必要としたんだろうし、僕らみたいな好き者はそれを愛してしまう」

そして、妻川はよく出来ましたとでも言わんばかりの優しい微笑みを浮かべた。その目には、紛れもない敬意が孕《はら》まれている。——この人は、私に一目置いているんだ。そう思うと、ぞくぞくした。

「妃楽姫。もしかしたら君は、本当に僕の分かたれた半身なのかもしれない」

何度も聞いた言葉。妻川に認めてもらい、半身の称号を与えられた灰羽妃楽姫。

全部嘘だ。趣味がよくて、あの監督の映画をちゃんと押さえていて、ずっと昔から『ジュールナイト・ウォーク』を好きでいた灰羽妃楽姫なんて存在しない。なのに、あの時妃楽姫は作ってしまった。洒落た映画を好み、いつだって斜に構えている灰羽妃楽姫を。

妻川の婚約者は、あの監督の映画を観ているんだろうか？　いいや、観ていないはずだ。あの監督の映画は、画面の色使いが綺麗なだけで全然面白くない。それなのに長い。妻川が好きだと言わなかったら、絶対に愛せないような映画だ。

写真の中の彼女はごく普通の女だった。あんな退屈な映画には耐えられなさそうだった。彼女は舞踏会の外の人間なんだから、あれを全部観ているはずがない。

そう思うと、何だか涙が出た。あれだけお膳立てをして理想に近づいたのに、あんな終わりでいいんだろうか？　工藤良子の目からは、いとも簡単に涙が出てくる。こうしてちょっと考えてみただけで駄目だ。

妃楽姫は妻川のことが好きだし、結婚にショックを受けている。舞踏会中毒なんかじゃない。物語に惑わされているわけでもない。そのことを、こんなタイミングで理解させられてしまった。

「あの工藤さん。大丈夫ですか？」

「ごめん。私は灰羽妃楽姫。本当の名前すら言ってなくてごめん。私は帰る。じゃあね」

伊達眼鏡を置いて立ち上がる。本当はウィッグも全部脱ぎ去ってしまいたかった。

もう決めた。修羅場になっても構わない。妃楽姫は妻川を取り戻さなくてはならない。好きだと伝えて、自分を選んでもらわないと。そうでないと終われなかった。幸い、まだカタログの作成は終わっていない。そうでなくても、妃楽姫が呼べばきっと妻川は来てくれるだろう。

　妻川に会いたかった。たとえどれだけ灰羽妃楽姫らしくなくとも、結婚なんかやめて、傍にいてほしいと泣いてやるつもりだった。

　そう出来なかったのは、妻川が病気で仕事を休んだからだった。

　オフィスに出てくると、扉の前に見知らぬ女の姿があった。白いダッフルコートに身を包み、紙袋を手に立っている。雨が降るという予報があったからか、足下はキュートな黄緑色の長靴だった。その顔を見た瞬間、あの日のレストランでのことが思い出された。

「あの、あなたは……」

　そう声を掛けると、妻川の婚約者は弾かれたように顔を上げた。

「突然すいません！　妻川の……恋人？　です。松村良子《まつむらりようこ》というんですけど、もしかして聞いたことありました？」

「ええ、何度か」

　一度しか聞いたことがないし、名前すら知らない相手だったけれど、差し当たってそう言っておいた。

心臓がうるさく鳴っている。

目の前の松村良子に聞こえていないのが不思議なくらいだった。いや、聞かれているのだろうか？　そうだとしたら、耐えられない。こんな動揺は灰羽妃楽姫らしくない。

「どうなさったんですか？　……妻川は……」

「実は、おたふく風邪になってしまったみたいなんです。でも、どうしてもデータだけじゃなく現像した写真を渡したいというので、代わりに届けに来ました。あ、そうだ！　紅茶、お好きですか？　紅茶も入れておきました。差し入れ、です」

「ああ……ありがとうございます」

紙袋を受け取る手が震えていそうで怖かった。間近で見る松村良子には、生きている生々しさがある。派手な美人ではない。でも、彼女が妻川の隣に立っているのがよく似合いそうだ。何でだろう。ガラスの靴もドレスも持っていなさそうなのに。

そう思うと、口が勝手に動いた。

「松村さん、妻川とご結婚されるんですってね。おめでとうございます」

「ありがとうございます。なんか……なりゆきみたいなものなんですけどね。ずるずる三年も付き合っちゃったし、これからお互い以上に結婚出来そうな人間もいないからってことで……でも、ありがとうございます」

三年、という言葉が後頭部に居残って熱を発し始める。

三年。決して短くはない年月だ。妻川が妃楽姫とパリに行った頃には、もう既に松村良子と付き合っていたのだ。

冷静に考えれば当然のことだ。出会って一日で結婚ということにはならないだろう。結婚相手はどこかから生えてくるものじゃない。愛を育む期間がある。

死にたくなるような後悔を覚えた。ちゃんと妻川に聞いておくべきだった。恋人の名前と顔を教えてもらえばよかった。

どんなところで出会い、何年付き合っているかも、ちゃんと尋ねておけばよかった。そんな俗世のことには興味のない灰羽妃楽姫さん、でいなければよかった。

でも、彼女はまだ灰羽妃楽姫の顔つきを崩さず、自分の思っている妃楽姫のロールプレイをやめない。心の素足に食い込んだガラスの靴が痛い。伸縮性なんか欠片もない靴は、拷問器具のように妃楽姫を締め上げる。

「よかったですよ。妻川がもし結婚するなら、松村さんみたいな相手がいいと思っていたので」

「え、そんな。私なんてそんな……いや、なんか照れますね」

「でも、すいません。いつも私が妻川を連れ回しているでしょう。新作のコレクションを発表する時はずっと付いていてもらってますし。変な誤解を受けることも多いくらい、妻川には傍にいてもらってますから」

さりげなく、松村良子にそう言ってみる。妻川に恋人がいることなんて想像もしていなかった。何しろ、この三年間も妻川は妃楽姫を一番に考え、妃楽姫を優先した人生を送っていたからだ。まともなデートも、楽しい睦《むつ》み合いの時間も想像出来ないくらい、妻川は私に尽くしてくれていた。

もしかしたら、松村良子にとって自分は嫉妬の対象だったかもしれない。妻川を独占し、自分達の仲の邪魔をしていた憎い女に見えていたのかもしれない。今回ここに来たのも、私への勝利宣言なのかもしれない。そう思った。

だから、わざと悪意を引き出してやるようなことを言った。彼女の反応が見たかった。

けれど、返ってきたのは意外な言葉だった。

「いえ！ そんなことないです！ 私が灰羽さんを疑うなんてこと、あるわけないじゃないですか！」

「え？」

「私、ずっとサンドオリオンのファンなんです。サンドオリオンが通販サイト限定だった頃から、ずっとずっとサンドオリオンのことが好きでした」

さっきまで落ち着いていた松村良子が、急に目を輝かせる。そして、鞄から何かを取り出した。――黒いレースの付いた灰色の手袋だ。

「……これって、サンドオリオンが初めて店舗を出した時の商品ですよね？ 冬のコレクションの一つだった」

「はい！　あの時は私もなかなか厳しい財政状況の大学生だったので……このくらいしか買えなかったんですけど。でも、並んで買ったんです！　私の応援してるサンドオリオンが、実店舗を持ったことが嬉しくて。あれからずっと大事にしてます」

松村良子の言う通りだった。作り手の側だからこそ、その手袋がどれだけ大切にされているかが伝わってきてしまう。

指先は擦り切れているし、レースにもところどころほつれがある。でも、使い込まれているにしては、手袋はとても綺麗だ。きっと、手洗いで丁寧に洗濯しているのだろう。

この手袋は妃楽姫の自信作だった。ここからサンドオリオンを知ってもらうのだという意欲に燃えていた時の、お気に入りの一品。この手袋の写真を撮った時の妻川も、この手袋を気に入ってくれていた。

「社会人になってからは、自分へのご褒美でよくサンドオリオンを買っています。サンドオリオンは色んな世代の女性に向けて、その時々に一番似合う洋服を作ってくれますよね？　そこが好きなんです。サンドオリオンは人生に寄り添ってくれるブランドなんだって、そのことが伝わってくるんです」

「……確かに、そういうコンセプトで作っています。そういうものを目指そうと」

「そのコンセプトが商品から伝わってくるのが、サンドオリオンで一番好きなところなんです」

松村良子が息せき切ってそう語る。そのまま、彼女の話題は今年の冬のコレクションの話や、発表されたばかりのアウターの素晴らしさに移っていった。あるいは、サンドオリオンの服にはお洒落さを損なわない形でさりげなくポケットを付けてあるのがいい、とか。

「変なことを言うんですけど、お二人の関係ってものすごくいいなって」

「私と妻川が？」

「はい。灰羽さんは天才じゃないですか。その才能を見出して、サンドオリオンを盛り立てていこうって裏方に回った妻川と、彼の信頼を得て次々に傑作を生み出していく灰羽妃楽姫の関係は、……その、なんというか、エモいですよ」

エモい、と思わず復唱してしまう。花恵との会話でも出てきた言葉だ。でも、それって一体何だろう？

しかし、心のどこかで納得している自分もいる。やっぱり自分達はエモい。綺麗な場所で、綺麗な言葉で、ドラマティックなイベントをこなしてきた私と妻川はエモい、のかもしれない。これだけでちょっとした小説になる程度には。

二人がそこにいるだけで、舞踏会になってしまう程度には。

「その関係に、なんか不純な疑いを持ったことはないです。そもそも、妻川は前々から私よりも灰羽さんを大切にするって宣言してますしね。私だって、自分がたとえ死にかけてたとしても、灰羽さんが大変な目に遭っていたら、妻川にはそっちを優先してほしいですもん」

「いや、それは流石に……それを許したら私の方が鬼畜っぽくなるっていうか……」

「それもそうですよね！　何か逆に灰羽さんを下げてるみたいになってしまった……そういう意味じゃないんです！」

松村良子が慌てて否定する。

「妻川の一番は私じゃなくていいんです。私は灰羽妃楽姫みたいな特別な存在じゃないから。だから、これからも灰羽さんは何も気にしないでください。何も変わらないので」

変わるよ、と私は心の中で言う。変わるよ。

「それじゃあこれからも、妻川から花束を受け取っちゃってもいいのかな？　何かライフワークみたいになってるよね、あれ」

「貰ってください、貰ってください。妻川ってば、どこかに行って花屋を見つける度に、灰羽さんのことを思い出すんですよ。知らない街の知らない花屋に、灰羽さんにぴったりの花がないか探してるんです」

「はは、ちょっと怖いな。あの人、ノイローゼになってない？」

「でも、こうして見ると分かります。灰羽さんには花を贈りたくなるから」

「ちなみに花束を貰ったことは？」

「ないない。花って柄じゃないですし、妻川は私との記念日は普通に忘れますからね。まあ、私も妻川の誕生日に何するわけでもないのでいいんですけど」

松村良子が屈託のない笑顔で言う。それに対し、妃楽姫も『思わず笑ってしまった』の笑みで応じた。果たして、妻川は彼女との結婚記念日を祝うようになるのだろうか？

『工藤良子』で登録していたマッチングアプリの登録を解除した。代わりに何か別の名前を考えようと思ったけれど、いい名前が思いつかないのでやめた。

この世に良子以上に素晴らしい名前が存在しないような気がした。良子なら何にでも合う。灰羽良子。妻川良子。素晴らしい汎用性だ。

妻川妃楽姫、と口に出す。やっぱり収まりが悪い。妃楽姫という名前はガラスの靴だ。美しいし、サンドオリオンの天才デザイナーの本名として、これ以上のものはない。親にも感謝している。

でも、妃楽姫の名前は灰羽にしか似合わない。妻川もこの名前の並びを愛していた。

いつぞやの機会に、夫婦別姓の話題になったことがある。そして、妻川は真剣な顔をして「灰羽妃楽姫という名前は残しておくべきだ」と言った。

「こんなに君に似合う名前はないよ。ハイバネキラキ、という名前が好きなんだ」

「私も好き。出来すぎてるから」

少しばかり傲慢で強気な色を滲ませて、灰羽妃楽姫の笑顔を見せる。

「だから、絶対にこれがいい。夫婦別姓がちゃんと認められるようになったらいいな。もし妃楽姫と結婚することになっても、その時は僕が婿入りするから。灰羽英司……ってこれはかっこいいな」

「灰羽って名字は何でもかっこよく出来るからね。この名字もサンドオリオンの一環だ」

白状しよう。この他愛ない会話の最中ですら、妃楽姫は告白されるんじゃないかと思っていた。この流れから、彼が本当に灰羽英司になってくれるんじゃないかと期待した。ただの雑談なのに。付き合ってすらないのに。

こういうことを思い出す度に、ゆっくりと崖際に追い詰められている気分になる。あの時だって、いいや、どんな瞬間を思い出したって、妃楽姫は妻川英司のことを分かりやすく愛している。妻川の愛がそこにあると信じて、幸せに浸っている。

どうして妻川が告白してくれなかったんだろう？　という思いは、どうして自分は告白しなかったのだろう？　という後悔に近すぎる。あの時何かを言っていたら、ガラスの靴は本物になっていたのだろうか？　舞踏会の先に、辿り着けたのだろうか。

再び妻川と会ったのは、一週間後のことだった。

おたふく風邪で急に休んだことを詫び、妻川は妃楽姫をお馴染みのレストランに誘った。

ガラスの靴を貰ったあの場所だ。

その時、妃楽姫はあの場所には何の意味もないのだということをはっきりと理解した。美味しくて行きつけで、貸し切りにしやすいんだろう。それ以上の意味が本当にない。

「良子に会ったって聞いたけど。どうだった？　あいつはミーハーだから、色々と面倒だったんじゃない？」

本当に何気なく妻川が言う。まるで困った友人を紹介する時のような口調だった。妃楽姫と松村良子が出会うことに、何の危うさを覚えてもいないのだろう。当然だ。仕事上のパートナーと自分の恋人を引き合わせることに、問題なんて何一つない。妻川には全くやましいところがないのだから。理屈は分かっている。

「別に何も問題はなかったけど。むしろ、大したおもてなしも出来なくて申し訳なかったくらい。サンドオリオンのファンだって知ってたら、色々渡せるものもあったのに」

「いや、そういうのは断ってたと思う。良子は本気のサンドオリオンオタクだから、自分で手に入れるのにやけにこだわるんだ。ほら、余ったサンドオリオンのサンプルとか渡そうとしても、ズルだからいいって言い張ったりとかして」

「それは確かに面倒なオタクだ……」

「だからこそ、サインは貰って嬉しそうだったよ。ずっと大切にするって言ってた。ありがとう」

あの彼女が大切にする、と言ったのだから、きっとそうなる。手袋と同じように、十年先も持っていてくれるだろう。額に飾られている灰羽妃楽姫のサインがやけに鮮明に想像出来た。

「正直、良子さんには嫌われてるかと思ってた。……色々と妻川と誤解されることも多かったし」

「そんなことないよ。良子は多分、僕のことより妃楽姫の方が好きだから」

あの様子からしたら、ある意味で的を射ているのかもしれない。サンドオリオンが好きで、それを牽引してきたカリスマ・灰羽妃楽姫が好き。

だから、灰羽妃楽姫が妻川英司のことを好きだなんて想像もしていないのだ。

口に運んだ料理は、どれも味がしない。

早く言わなければいけないのに。来月には、松村良子と妻川英司が結婚してしまう。灰羽妃楽姫の入る余地がなくなってしまう。

ここでしか、シンデレラになれるタイミングはないのに。舞踏会が終わっても、妻川英司と灰羽妃楽姫が一緒にいられる選択肢がないのに。松村良子が履いていた、あの長靴を思い出す。――あの靴は、私にも似合うのだろうか？

「ああ、そうだ」

その時、妻川が思い出したように言った。

「実はガラスの靴、良子が選んだんだ。テレビか何かで特集されてて、これを灰羽さんにどうかなって言ったんだ。ちょっと気取りすぎじゃないかって思ったんだけど。結果的によかったな」

その言葉が、とどめだった。

ガラスの靴じゃ歩けないいって、子供じゃないから分かっている。あんな靴じゃ歩けない。隣には並び立てない。松村良子の履いていた長靴を思い出す。特別洒落ているわけでもないあの靴が、羨ましくて仕方がなかった。

ガラスの靴じゃなくていい。きみの長靴でいいです。こらえていた涙が出てきて唇を噛んだ。

「え、ちょっと。どうしたの？」

「……私は……」

今まで妻川の前で出したことのない声が出る。今までずっと張っていた虚勢が剝がされて、今までに出会ったことのない自分が溢れ出る。こだわりなく泣いてしまえば、メイクだって取れるだろう。でも、構わなかった。そのまま、妃楽姫は言う。

「私は、ガラスの靴より長靴がよかった」

「長靴？　何の話？」

「…………長靴でいいから、私のこと選んでほしかったよ」

そこで、妃楽姫の様子がいつもとは違うことに気がついたのだろう。妻川の顔色が少しだけ変わる。今までずっと触れ合わなかった彼の腕を摑む。そして、縋《すが》るように言った。

「こんなこと言ってごめん。でも、私ずっと妻川が好きだった。いつか告白してくれるんじゃないかって思ってた。花束だって貰う度にドキドキしてた。初めて同じ部屋に泊まった時、そこから何かが始まるんじゃないかと思ってた。一時の過ちが正しさになるのを待ってたんだよ！　ねえ、私は妻川のベター・ハーフじゃないの？　私は今でも、そう思ってるよ。だからお願い、結婚しないで……」

ここでどうなりたいわけでもない。松村良子を不幸にしたいわけじゃない。ただ、この激情を伝えたかった。毎年くれるガラスの靴より、並んで歩ける靴がよかった。そのくらい、妻川は妃楽姫にとって大切だった。

真剣な目で、妻川のことを見つめる。

ややあって、彼は静かに言った。

「……なんか、その、意外だな。灰羽妃楽姫がそんなこと言うとは思わなかった。え、何かあった？」

「……え？」

「なんか、結婚してほしくなくてそういうこと言うのとか、あまり妃楽姫らしくない」

妻川は呆れているわけでもなく、いきなりわがままを言い出した妃楽姫に怒るわけでもなく、ただ困惑していた。喩《たと》えるならば、自分が注文したメニューとは違うものが来た時の顔をしていた。オムライスではなく、カレーライスが来てしまった時の顔だ。

あれ、と妃楽姫は思う。これは何だか想像していた流れと違う。妻川は私を優しく諭して振ってくれるんじゃなかったんだろうか。そして、数万分の一の確率で、全てを捨てて私を選んでくれるんじゃなかっただろうか。今の流れを見るに、訪れる結末はそのどちらでもなさそうだ。

妻川は明らかに困っていたし、何なら妃楽姫の想像していたものとは別の怒りを覚えていた。背中を嫌な汗が伝う。ややあって、妻川は言った。

「なんだ。意外と普通なんだね」

それは単なる感想ではなく、明確な批難の色を滲ませた言葉だった。まるで、サンタクロースが親であることを報《しら》された子供のような声だ。どうしてそんな無粋なことを言うのか、という不満がありありと見えている。うっかり謝ってしまいそうだった。鳴らす音を間違えた楽器奏者みたいな気分だ。――すいません。間違えました。けれど、妃楽姫の口からは言葉が出てこない。そのまま、妻川は続ける。

「妃楽姫。妃楽姫、ねえ。僕は、妃楽姫のことを心の底から大切に思っている。これからもずっと妃楽姫と一緒にいたいと思っているし、かけがえのない存在だと思ってるんだよ？　今までのような関係でいたい」

今までのような関係、という言葉を妻川が使ったことにも衝撃を受ける。これまで、妻川は私達のような関係が何だったのか分からなかったんじゃないのか。だから、結果的に私の気持ちに気づかなかったと、そういう話じゃなかったのか。

「……もし妃楽姫が、本当にそういうことを望むような、普通の女の子だったら、残念だけど、僕らはもう会えない。僕らが妻川英司と灰羽妃楽姫ではなく、ただの男と女に成り下がるなら」

元から私達は、ただの男と女だったんじゃないのか。知らない前提だけがどんどん増えていって、妃楽姫だけが置き去りにされている。そうして長台詞を口にしているうちに、妻川はすっかり自分の求める物語を取り戻したようだった。

「僕は灰羽妃楽姫を、過去にしたくはないよ」

その時、正解の言葉を完全に理解した。——私らしくなかった、ごめんなさい。少し感傷的になってたみたい。これで、もう一度ガラスの靴が手に入るはずだ。妃楽姫が特別だったあの夜が、もう一度手に入る。

でも、分かる。ここから先は、舞踏会だ。妻川は魔法の裏側を見たくないと思っている。妃楽姫にこれからも魔法を求めるだろう。妻川は、妃楽姫のドレスを脱がさない。ガラスの靴を履かせ続ける。

でも、それがどんなに歩きにくい靴か、妃楽姫はもう知っているのだ。

気づけば、妃楽姫は履いていた靴を脱いでいた。目の覚めるような深紅をした、十二センチのハイヒール。灰羽妃楽姫は少しでも背が高い方がいい。そうしていた方が似合うから。言ってくれたのは妻川だ。

素足で立った世界は思いのほか大きく、足の裏に覚えた冷たさは刺すようだった。けれど、気持ちがいいものでもある。床から、世界と接続されているような気分になる。ヒールの部分を持ち手に任命すると、それは馴染みのいい鈍器に見えた。爪先の部分はぴかぴかで汚れ一つない。妻川が呆けた顔で妃楽姫のことを見つめている。

妃楽姫はそのまま、手に持った靴を思いきり妻川に振り下ろした。

不意を突かれた妻川が椅子から転げ落ちるのを後目に、妃楽姫は裸足のまま外に出た。都会の素晴らしいところは、どんな時間でもすぐにタクシーが捕まるところである。大通りに出ると、妃楽姫は大きく手を振った。

自分を中心にざわめきが広がっているのが分かる。灰色の髪と全身のサンドオリオンは、この上なく注目を集めるのだろう。「あれ、灰羽妃楽姫じゃない?」とざわめきが広がる。素足でいることも妙な憶測を呼んでいるはずだ。そして妃楽姫は、またしても物語の一部になっていく。

でも、妃楽姫は臆さない。まだしばらくドレスは脱がない。無理矢理履かされた靴は脱いでも、舞踏会は終わらせない。

そうだ。妃楽姫は舞踏会中毒だ。十二時の鐘が鳴っても魔法を解かず、自分だけの特別を待っている。彼女はもう長靴を選ばない。ガラスの靴もいらない。だったら裸足で構わない。

アスファルトを踏んでいる素足が痛い。そのうちに、一台のタクシーが止まった。妃楽姫に向かって扉を開いた運転手さんが、彼女の麗しき素足に気づく。あるいは、トレードマークのような灰色の髪にも。いい大人がそんな格好をしている違和感を元に、彼は推理を導き出す。

「あんた、もしかして芸能人?」

それに対し、妃楽姫は華やかに笑った。

「ええ、その通りです」

愛について語るときに我々の騙ること

「僕さ、ずっと前から新太《あらた》のことが好きだったんだ。だから、付き合ってくれない？」

そう言う園生《そのお》の顔は今まで見たことがないほど切実で、まるで知らない人のようだった。

当然だろう。私は園生が誰かに告白する時の顔なんて知らなかった。それどころか、この男が、泣きそうなほど切実な恋をすることを想像もしていなかった。

心臓が嫌な音を立てている。この告白を受けて、私たちの関係がどう変わるのかの想像がつかない。私は園生が好きだし、泣いてほしいわけじゃない。

私は園生の頬に手を伸ばし、柔らかなその感触を味わう。十年近く一緒にいるはずなのに、そこに触れるのは初めてだった。剝《む》き出しの癖に、そんな場所だったただなんて妙だ。

迷ってはいたけれど、選択肢はない。もしここで園生の提案を断れば、彼は二度と私たちの前に姿を現さないだろう。そんな気がした。私が真面目な顔で頷くと、園生は痛ましさと安堵の混ざった顔で笑った。

これでハッピーエンドであるということにはならない。

何故なら、私は泰堂《たいどう》新太じゃなく、鹿衣鳴花《かごろもめいか》だからだ。

食事には難易度がある。

例えばオムライスは難易度ゼロである。食べなければいけないものが全部一つに纏《まと》まっていてスプーンで食べられるのに、見た目が全然雑な食べ物に見えない。それでもデミグラスソースやケチャップのことが気になるならお粥とかをゼロ地点とすればいい。私は不器用だけれど、そこまでの不器用じゃない。

逆に難易度十は殻付きの海老とか、固めの魚の干物とかで、これが全然上手く食べられない。手も皿も絶対に汚すし、被害を最小限にしようとすると味が全然分からなくなる。あとは映画に出てくるような、てっぺんにピンの刺さっているハンバーガーとかも難易度十だ。ソースをこぼすし具もバラバラになる。八センチ×十二センチを綺麗に食べられる人間っているんだろうか？　でも、私はそういう重量級のハンバーガーが好きで、二か月に一度は食べたくなってしまう。

「うわ、何してんの」

「最近はどうせこぼれるから、あらかじめ具を全部分けてから、バンズに少しずつのっけて食べるの」

「それハンバーガーって言うのかよ」

厚切りチェダーアボカドバーガーを解体する私を見ながら、園生は呆れたように言う。

仕方がない。これは難易度十の食べ物なのだ。

園生はこのバーガーが好きじゃないらしく、ここに来るといつもビールとポップコーンシュリンプで済ませている。それでも、私が提案すると断ったことがない。

食事の難易度の話は結構共感が得られる。みんな食べたいものの難易度のギャップに悩んでいて、骨のあるものは基本的に無理だという話になる。

でも、そこから誰の前なら難易度十のものが食べられるかっていう話になると展開が分かれて、恋人の前でなら大丈夫とか、逆に恋人の前なら駄目だとかいう話になって、言いだした私が置いてけぼりになる。

最終的に結婚したらどんなものでも目の前で食べるじゃんという話になって、それで和解だ。

私が難易度十の食べ物を食べられるのは春日井《かすがい》園生か泰堂新太の前だけで、その二人はどちらも友人だった。しかし、今私は恋人になったばかりの園生の前でハンバーガーを仕分けして食べている。

「にしても平日夜十時にそんなもんよく食えるな」

「ここが二十三時まででよかったよ」

便宜上、ここがデートの場所になった。

最近の仕事は残業込みで二十一時に終わる。となると、二人で出来ることなんて夕飯を食べることとくらい。そして、私は今日ハンバーガーの気分だった。

デートには向かない場所だと思っていたけれど、ハンバーガー屋は結構カップルが多かった。恋人の前で難易度十を食べられる人間達の群れだ。今まで気づいていなかったけれど、どんな場所にもカップルがいる。自分に恋人が出来て初めて気がついたことだ。

「残業ってマジであんの？」

そう尋ねる園生は、大学を卒業して以降、ずっとフリーランスの作曲家として活動している。残業を噂にしか聞かない人種だ。

「そう、繁忙期だから。園生もあったでしょ。納期が全部重なってた時期。心配した新太が泊まり込んでた」

「あー、あの時はな。ＦＩＸもヤバかったから生活が死んでた」

園生は順調にキャリアを積んでいる。最初はソシャゲのＢＧＭなんかが主立《おもだ》った仕事だったけれど、最近はとある単館映画の劇伴を任されたりして、名前が知られるようになってきた。件《くだん》の映画が公開された時は嬉しくて、新太と二人で何度も観に行ったものだ。

「鳴花って今何してんだっけ。保険会社はやめたんだよね？」

「今はデザイン事務所で事務やってる。事務っていうか雑用だけど」

「保険会社の近くにあった中華料理屋当たりだったのにな。迎えに行く楽しみが減った」

「あー、あそこね。難易度が低い食べ物がいっぱいあってよかった」

「何だそれ」

訝しげな顔をする園生の前で、私はべちゃりとアボカドを落とす。鮮度のいいアボカドはフォークで突き刺しても抜けてしまうくらいぬるぬるとしている。そんな失態を見ても、園生は私を嫌いになったりはしない。

私は改めて『恋人』の顔を見る。

初めて出会った十年前と、園生は殆ど変わっていない。髪色ですらそうだ。限りなく赤に近い茶色。赤銅色《しゃくどういろ》とでもいうんだろうか。園生はそういう派手な色でも問題なく似合う、ずるいくらいに綺麗な顔立ちをしていた。

初めて放送部の部室で園生に会った時、その髪の色が夕焼けの色なのか染められたものなのか分からなかった。逆光の中でこちらを見つめる園生の瞳がやけに輝いていたのを覚えている。廃部寸前の寂れた放送部に、こんな華やかな人材がいていいものかと思った。

園生の髪が夕焼け由来ではないことに気がついたのは、向かいに座っているもう一人の部員を見た時だった。そっちの髪は影のような黒で、夕焼けの浸食を物ともしていなかった。

そっちが十年来の親友のもう一人、泰堂新太だった。

「私は新太じゃない」

その時のことを思い出しながら、私はとりあえずそう言っておく。

「知ってるけど、いきなり何だよ」

「一番重要なことだと思ったから」

だって、園生の愛情の真剣さについては痛いほど理解している。手の届く範囲で一番真剣な愛だ。その宛先が間違っているのは困る。

「何で新太じゃなくて私と付き合おうと思ったわけ？」

「それを受け入れてから言うのが鳴花らしい」

そう言ってから、園生は真面目な顔をして「どっから話そうかな。俺がなんで新太のこと好きになったかとか？」と言う。

「でもまあ、新太が近くにいたら好きになっちゃうのかもしれないよね。覚えてる限りずっとモテてたし」

「まあ、格好いいからね、あれは」

「新太の頭の上に糸が見えるんだよね」

「糸？」

「ずっと上から吊り上げられてるみたいで」

新太の背が丸まっているところを、私は見たことがない。

泰堂新太は体格がよかった。どれだけ服を着込んでいようと、身体に通った骨が想像出来るような精悍さを携えている。一目見ただけでその骨を想像させる人間は珍しい。

どこか近寄り難い園生に対して、新太はいつだって人に囲まれているような人間だった。

彼の周りだけずっと日が差しているような錯覚を覚える。

「じゃあ、俺が新太のことを好きな理由は割愛します」

「はい」

「その代わりに俺は今から鳴花の嫌がることを言います」

「え、やだよ」

とか言いながら、私はその嫌がることの中身をもう察している。それを言う園生の顔がどうにも悲しそうだからだ。私も悲しい。その悲劇の中身を、私達は予《あらかじ》め共有してしまっている。ややあって、園生は核心的な言葉を言った。

「新太ってさ、鳴花のことが好きなんだよな」

「あー……なるほど。いつから?」

「分かんね。この間宅飲みした時、鳴花が先に寝ただろ。あの時に言われたんだわ。『ずっと鳴花が好きだった』って」

「ずっとって。いつだよ」

「なー、本当になー」

そう言って、園生が思いきりビールを呷《あお》る。

ずっと好きだった、の『ずっと』の始まりにこだわるのは、私達がずっと親友だったたからだ。男女の友情がなかなか難しいこの世界において、私達はどこに出しても恥ずかしくない親友をやっていた。

高校時代に廃部寸前の放送部で出会った私達は、それからずっと仲がよかった。そこから進路が分かれ、全員が社会人になっても、休日を合わせて三人で遊んだ。誰かの家に泊まり込んでは夜通し飲んで、持ち寄ったゲームで朝まではしゃいだ。

当然ながら、世間で言うところの間違いというものが起こったことはない。同じリビングで雑魚寝をしていても、男女で起こるようなトラブルは何も起きなかった。

いや、そもそもこの間違いって何だよ？　と、私は余計なことを思う。でも、仮にここに偶発的なセックスが発生したところで、そんなもの間違いじゃなくて別解かもしれない。何が起こるにせよ、私は園生達との間に起こることを間違いとは呼びたくない。

ともあれ、私達の間には何もなかった。

「あの時マジで寝てた？」

「流石にそんなの聞いたら起きるわ」

そう言いながら、空気を読んで寝たふりを続ける自分も簡単に想像出来てしまう。だって、今でも混乱しているのにその場に居合わせたらどうなるか分かったものじゃない。

「大丈夫だった？」

「何が。別に修羅場にはならなかっただろ」

「そうじゃなくて。好きな相手の好きな人の話されて大丈夫だったのかっていう」

「それはまあ、予期してた嵐だから」

そう言いながらも、園生は不意を突かれたような顔をしていた。嘘だ。こういうことで園生は割と傷つく。真夜中の失恋は殊更《ことさら》に効いたはずだ。

「まあどうも。鳴花のそういうところ好きだわ」

「うん、ありがとう。沁みるよ」

本当に沁みる。少なくともここで、園生が私のことを嫌いになっていなさそうなところに安心する。その真夜中の告白で傷ついているのは園生だけじゃない。私もだ。思わず溜息が出る。

「……きっついな、今更こんなことになるとは」

「今更っていうか、俺達も結構いい年じゃん」

園生が言う。

「とかいってまだ二十六だけど。園生だって若手作曲家だし」

「いい年っていうか良い年なんだよ。二十六だと、ここから付き合い始めて結婚するのにいいだろ」

当たり前のように園生が言うので、いよいよハンバーガーの味が分からなくなってきた。園生の言うことは正しいいし、自分達のことをより客観視出来ている。

「だから、新太も多分本気で告白とかするんだろうなって。で、ね」

「うん」

「俺が先に鳴花に告白して付き合っておけば、鳴花が新太と付き合うことはなくなるんじゃないかなって。鳴花は二股とかするようなタイプじゃないだろ」

「あ、まあ、そうだね。多分」

「だから、鳴花と付き合おうと思ったんだよ」

それで、全部が了解出来てしまった。園生が何を人質にして、何を要求しているのかがちゃんと理解出来てしまった。

もし私が園生と付き合わなかったら、きっと園生は私達の前からいなくなるだろう。もう園生の家で朝まで飲むことも、園生が最近嵌《は》まっているバンドのことを教えてもらうこともなくなる。今年の夏に行こうとしていたキャンプの予定も、きっと見直すことになる。そんなのは嫌だ。流石、春日井園生。自分の価値をよく分かっていらっしゃる。

そういうわけで、私達は改めて恋人になる。

嵐を予期していたのは園生だけではない。私だってその災禍《さいか》を想像してはいた。それで何が失われるか、どのくらい生活が変わってしまうかを考えたことは何度もある。それでも、実際に事故に遭うまで地面に叩きつけられる痛みは分からない。

前に勤めていた保険会社に、二人はよく私を迎えに来てくれた。運転免許を持っていない私の為に車を回して、そのままどこかに食べに行くのがお決まりの流れだったのだ。

その日は雨が降っていた。天気予報を見ない私は傘を忘れ、二人が待つ駐車場に行くことも出来ずに立ち竦《すく》んでいた。

紺色の傘を二本持った新太がやって来たのは、その時だった。

「わざわざ来なくてもよかったのに」

「濡れるだろ」

それだけ言って、新太は私に傘を押しつける。ありがとう、と言って駐車場に行くと、車の中で園生が眠り込んでいた。水滴塗《まみ》れのガラス越しに見ると、園生は一層あどけなくて愛おしかった。


「鹿衣さん。この前のあれ、彼氏?」

翌日出勤した時に、私が思い浮かべたのは何故かその子供のような園生の寝顔の方で、何でそれを知ってるんだ? と首を傾げてしまった。そんな私に対し、先輩社員が「ほら、傘の」と言う。ああ、新太の方か、と心の中で思う。

目の前にいる先輩の好奇心に満ちた目と、あの日濡れながら歩いたかもしれない数百メートルのことを考える。この二つを天秤に掛けたくはないけれど、厄介事に巻き込まれたことに違いはなかった。私は親友という肩書きの為に、甘んじて濡れるべきだったのだ。

「すごく格好いい子だったね。シュッとしてモデルみたいだった」

そう言いながら、先輩が私を品定めでもするかのようにじっと見る。園生や新太に比べれば、私は随分平凡な容姿をしていた。肩の辺りでばっさり切ってあるショートボブは、学生時代とまるで変わっていない。美容師さんに勧められるがまま、自我もなく同じ髪型で通している。

顔だって特別いいわけじゃないが、モデルを目指そうとしなければ特に支障のない容姿だ。化粧はアイシャドウだけ頑張っている。色を塗るのが好きだから。

目の前の先輩はそんな私を見て、新太に傘を与えられるに相応しい人間なのかをジャッジしようとしている。その目から逃れようと、私は早口で言った。

「いや、彼氏じゃないです。飲みに行く予定だった友達で」

「そんなわけないでしょ。鹿衣さんはともかく、あっちは完全に彼氏気分だと思うよ」

「それこそ、そんなことないと思います」

今となってはこの反論が正しいのかは分からない。だからスタート地点が重要なのだ。紺色の傘を渡した時、既に新太は恋をしていたのだろうか。

それからしばらく押し問答が続いた。私があまりに頑なだからなのか、先輩は最後に言った。

「まあ、鹿衣さんまだ二十四だし、あんなのが近くにいたら麻痺するかもね。でも、ちゃんと周りが見えるくらい成熟したら、好きになると思うわよ。一年後を楽しみにしてるわね」

そう言う先輩が何だか勝ち誇っているように見えたので、私と新太の行方を迷宮入りにしてやろうと会社を辞めた。どのみちそこまで愛着のある職場でもなかった。

恋愛感情が成熟の証《あかし》だというのなら、二十六歳になった今も私は雛だ。私はどっちも好きだし、どちらも好きじゃない。あの傘が友達に対する優しさじゃなく、恋愛感情込みで届く傘なら欲しくない。

恋人になったら、仰る通り結婚が待っているんだろう。家庭を持ったり、子供も出来たりするのかもしれない。

そうなったら、どうしたって私はその恋人なり夫なりを優先しなければいけないだろう。二人とも等しく好きだというわけにはいかなくて、園生と付き合えば園生を、新太と付き合えば新太を優先しなければいけない。そのことくらいは私にも分かる。

でも、それが本当に私の欲しいものだろうか？　欲しいものリストの一番最初にあるDJセットはベビーカーの代わりには絶対ならない。三人で朝まで映画を観て騒ぐ幸福はその中に含まれていない。

だったらやっぱり、私の幸福の形は三人で親友のままでいることなのだ。どちらかとキスをするのと引き換えに、三人で毛布を取り合って眠ることを失いたくはない。それは私の文脈じゃない。

私の欲しいものは、三人でいるこの現在だ。私は自分なりに二人ともを愛している。

しかし、私は泰堂新太と春日井園生に手酷《てひど》く裏切られてしまった。そう、今回の件は裏切りだ。二人とも、本当に夜中のインディアンポーカーよりもキスとかセックスの方を選んだのか？　嘘だろ。

けれど、園生が私に告白した時の顔を思い出すと、私はこの裏切りを責められない。園生だって、きっと三人でいるのが好きだったはずだ。それでも、その不文律《ふぶんりつ》を越えてまで新太とのキスとかセックスを求めてしまったわけで、その熱を知らない私が何かを言えるはずもないのだ。

私と園生の初デートは翌週の日曜日、神保町《じんぼうちょう》でのレコード市だった。園生は自宅に何個もレコードプレイヤーを備えているくらいレコードが趣味で、こういう催しがある度に私達を誘った。私も新太もレコードに興味はないけれど、真剣な顔で選んでいる園生を見ているだけで楽しかった。

やっていることは前と変わらない。というか、行く場所も何も変わっていないのに、いきなりこれがデートに置き換えられるなんて妙な話だ。強いて言うなら、今回は新太がいない。

「何で新太いないの。付き合うっていうのがこういうことなら、私は降りる」

待ち合わせ場所に着くなり、私は園生にそう食ってかかった。園生は一瞬だけきょとんとした後、何とも言えない笑顔を浮かべた。

「いや、新太は部活の大会で来れないって。だから鳴花だけ呼んだ」

「あ、そうなんだ」

新太は今、中学校で歴史の先生をやっている。ただでさえ忙しい仕事な上、運動部の顧問になってしまったから、私達と過ごす時間は比較的減ってしまっていた。

「……これは私が悪いね。過剰反応した」

「でも、鳴花は間違ってない。付き合うっていうのはこういうことだよ。もし新太と付き合ったら、鳴花は二人だけでどこかに行くんだ」

まるで呪いのような言葉だ。あるいは脅しだ。それで私は、園生がわざわざ「デートに行こう」と提案してきた理由を知る。

園生は今日のデートで私に恋人がどういうものかを刻みつけようとしている。デートは三人では出来ないことを教えようとしている。そして、三人で出来ないデートなんて要らない、と私に言わせようとしている。

とはいえ、私と園生のスタンスは変わらない。手を繋いで店を回ることもなければ、恋人らしい会話をすることもない。元々、二人で出かけることもないわけじゃなかった。私が仕事の時は園生と新太だって二人で出かけていたし。表面的には何も変わっていない。

「新太は曲名とかアーティスト名とかは覚えないけど、俺の好きな曲はイントロで全部当てられるんだよな」

変わったのは園生、それ自体だ。

気兼ねがなくなったからなのか、あるいは牽制の一種であるのか、園生は驚くほど沢山新太の話をした。それだけ泰堂新太のことを語る言葉を持っていたのに驚くくらいだ。

無理をしてるわけでもなさそうだ。ただ、心に浮かんだ時に、そのまま口に出している感じ。きっと、逆なのだ。今まではあまり新太の話ばかりしないようにセーブしていて、全部が明らかになった今はのびのび話している。園生が楽しそうにしているのは嬉しいし、新太のいいところを聞いているのも楽しい。

ただ、寂しい部分も確かにあった。

このデートに来るまで、全部策略なんじゃないかという気持ちが、ほんの数ミリだけあった。

もしかしたら、園生は本当は私のことが好きで、付き合う理由を作る為にこんな回りくどいことをしたんじゃないかって。でも違う。分かってしまった。そんな馬鹿みたいな展開はない。

　このデートを通して、園生は清々しいほど新太しか見ていない。なるほど、恋愛ってこういうものなのだ。

「本当に新太のことが好きなんだね」

「まあ、そりゃね」

「一体いつからだったの？」

　そう尋ねる私は、傘のことを思い浮かべている。しかし、一番聞きたいところは「いつだったんだろ」で返されてしまう。

「少なくとも、新太のことを好きになるまでは、別に男が好きとかそういうんじゃなかったよ」

「高校生の頃は彼女いたしね。あ、ほら……宇佐田《うさだ》さん」

「よく覚えてるな。俺もうあの子の名前とか覚えてない」

　それはそうだ。私は宇佐田さんに呼び出されて、危うく修羅場になりそうになったことがある。

「昨日、鹿衣さんが春日井くんと歩いているのを見た人がいます」

　放課後、宇佐田さんはそう言って私を睨みつけた。

「……や、そうだね。一緒に本屋に行った」

「言い訳しないんですか？」

宇佐田さんはなかなか可愛い女の子で、そんな子が悪意の籠もった目でこちらを睨みつけてくるのは、心にくるものがあった。

「言い訳はしないけど……ていうか、先週とか園生と新太は二人でカラオケ行ってたよ」

「園生って呼ばないで！」

宇佐田さんに叱責され、私は身を竦ませる。そんな私を見て、更に宇佐田さんの怒りは高まっていく。

「あんた裏で何言われてるか知ってる？　姫気取りのビッチだって。なんで泰堂がいるのに春日井くんにまで手出してんの？　何がしたいの？　何がしたいの」

咄嗟には答えられなかった。何がしたいのか、私にも分からない。

「ちょっと待って、私は宇佐田さんが思うようなこと何にもしてないんだって」

「二人でどっか行っただろ！」

最初の一歩を詰《なじ》られて、ひく、と喉が鳴る。そうか。宇佐田さんの中で、園生と二人で本屋に行くことは特別なことなのだ。私はそれを侵《おか》してしまった。私は、彼女が出来た男友達と二人で遊びに行ってはいけなかったのだ。

でも、それは宇佐田さんが勝手に決めたルールであって、私はまだ納得していない。そもそも、園生と先に親友になったのは私なのだ。何で後から来た彼女とやらに道を譲らないといけないのか。そもそも、二人でカラオケに行った新太はいいのか。……いいんだろうなぁ。そういう感情が頭の中でぐるぐる渦巻いているうちに、私は宇佐田さんに殴られ、マウントポジションを取られていた。覚悟のある人間とあれこれ悩んでいる人間の差は反応速度に出る。

結局、助けに来てくれたのは新太だった。時間になっても待ち合わせ場所に現れない私を心配して、王子様のように助けてくれた。新太に救出される私は、宇佐田さんにとって憎い姫気取りそのものだっただろう。客観的に見てもそう思う。

でも、それならどうすればよかったんだ？

別に姫気取りで二人の側にいたわけじゃない。宇佐田さんの邪魔をしたかったわけじゃない。そもそも、宇佐田さんが私を殴りつけなければ、新太が颯爽と助けてくれることもなかったのだ。

「じゃあ、あんたは本当に友達だったって胸張って言えんの」

宇佐田さんが最後に言った言葉はそれだった。胸くらいならいくらでも張れる。私は何も悪いことはしていない。

たとえば三人で雑魚寝をする時、毛布が一枚しかなかったら私に回ってくるような、買い出しの時に二人が重いものを絶対に持ってくれるような、そういう特別を、私は拒否しなければいけなかったのか。

結局、宇佐田さんと園生は程なくして別れてしまったし、それ以降園生が彼女を作ったことはない。私と宇佐田さんが揉めたことが別れの理由になったかは定かじゃない。

「だから、多分新太だけだよ」

その言葉で我に返る。あんなことを今まで鮮明に覚えていたのは、それなりにショックだったからだろうか。痛いところを突かれたと心の中で思っていたのだとしたら、そっちの方が悲しい。


「……あのさ、もし新太と園生が付き合ったとするじゃん」

私がそうきり出すと、園生が警戒したように目を細める。

「あんまり虚しい話されてもな」

「そんな状況でも、私は新太と二人で遊びに行っていい？」

宇佐田さんのことから、私は一応学んでいる。園生は私に殴りかかってきたりはしない。だから、聞いておきたかった。

「だってさ、園生は映画好きじゃないじゃん。いっつも寝てるから誘いづらいし。でも、新太は好きでさ、だから……」

園生の顔が驚いたように歪み、そして急に真面目な顔になった。園生は多分、かつての彼女を思い出している。ややあって、園生は静かに言った。

「……駄目」

園生の目は真剣だった。

「駄目だな。多分、赦《ゆる》せないと思う。だって、新太は鳴花のこと好きだったんだし、二人きりでデートみたいなことして、新太がやっぱり鳴花と付き合いたいって思ったらさ。俺は捨てられる」

「私は園生のこと裏切ったりしないけどさ」

「そうじゃないんだよ。裏切ったりしないとかじゃない。事故は起きるんだって。鳴花が俺を悲しませるようなことしないって知ってる。でも、それと事故は別だから。好きになっちゃったら、選ぶでしょ」

ああ、そうだな、と腑に落ちる。

そもそも、だからこそ園生は私と恋人としてここにいるのだ。麗《うら》らかな陽の下で、二人きりでレコード市なんかに来てしまっている。

園生の一番は既に新太で、私は二番目に据えられている。園生が頑ななのは、実体験として知ってしまったからだ。定員二名のシェルターがあれば園生は新太と入る。新太がその場合、私を選んでしまうように。予期していた嵐。

「ていうか真面目に話す話でもないよな。だって、新太と俺がマジで付き合ってるわけじゃないんだし」

我に返ったように、決まり悪く園生が笑う。

「これからそうなる可能性はある」

「それはどうも」

「分かった。寝てもいいから、三人で映画も行こう。それならありなんだよね」

「まあ、妥協ラインだな。二人で行かれるよりマシか」

そう言われて、普通に傷ついてしまうのが悲しい。シェルターのようなことがそこから先も沢山起こる。

「私は三人でいたいんだよ」

「分かってる。ごめん」

それでもどうしようもない、と園生は心の中で思っている。

私は三人でいたい。今のままでいい、と心の中で思っている。

このデートだって、新太が一緒の方がずっと楽しかった。新太と二人で出かけてもそう思うだろう。理屈じゃないのだ。今回の園生の目論見は正しい。やっぱり、私の中でどちらかを選ぶ選択肢はない。三人でだらだらと神保町を見て回ることより、恋人になることが魅力的だとは思えない。

でも、そう思うことは残酷なことでもあって、私は遠回しに園生の恋が永遠に叶《かな》わなければいいと思っている。三人で行く映画なんてこない。多分。

その後も私達はデートを重ねる。内容自体は変わらない。園生が行きたいところと私が行きたいところを交互に巡り、およそ恋人同士じゃなくても出来る会話をする。

一回一回のデートの度に、園生はここにいるのが新太だったらな、という話をする。それで私はいつも不機嫌になり、それを見た園生が何とも言えない顔をする。

その間、三人で集まる機会もあった。新太には私達が付き合っていることを教えてないから、何も気まずくなることはなかった。久々に三人でいると、溶けそうな安心感を覚えた。新太は口数が多い方じゃないけれど、その場にいるだけで空気が変わるのだ。

裏側を知っているから、園生が新太に向ける目に紛れもない愛があるのが分かる。それと同じように、新太が私に向ける目には愛があった。今まで気づかなかったのが嘘みたいだ。

告白されるかもな、という迫りくる危機感を覚える。その時、本当に自分は断れるだろうか。園生と付き合っているから無理、なんて目の前の新太に言えるのか？　付き合うという選択肢はない癖に、言い訳と先延ばしだけが頭を巡る。新太が私と付き合ったとしても、やっぱり映画は二人だけで観に行くことになるだろう。

「これ、いつまで続ける？」

通算五回目のデートの時に、私はようやく園生に尋ねた。二人で一緒に遊びに行くのが思いの外穏やかで、何だかきり出せなかった言葉だ。

今日のメニューは海鮮丼で、しかもスプーンがついているタイプの店だった。難易度一。これなら誰とでも食べられる。ぼろぼろこぼれる食材に気を取られることもない。

本当は、春日井園生と食べなくてもいいメニューだ。

「いつまでって……俺らが三人でいる限りずっとだよ」

「そもそも、付き合うっていっても私達って別に変わらないじゃん。遊びに行くのもいつものことだし」

「じゃあ逆に聞くけど、別れなくてもいいんじゃないの。俺と付き合ってても何も変わらないんだろ」

正論だけど、どこかおかしい気もする。

「まあ、付き合うっていうのが元々曖昧な話だし。結局のところ、こうして腑分《ふわ》けすると恋人とだけして親友としないことってセックスのみになってきてしまうんですよね、と」

「鳴花が納得いかないならキスとかセックスとかもするよ。だから別れるとか言わないで」

直接的な言葉を言われて、一瞬怯む。でも、これは園生が形振《なりふ》り構ってられないことの表れだ。そうまでしても、園生は可能性を潰したい。私と新太が付き合うことを阻止したい。そう思うと、この状況下での私と園生のセックスは、ある意味で新太と園生とのセックスではないだろうか？　セックスって、どうやら愛の為の行為のようだし。

「逆に何でやめたいの。この間新太に会って、ちょっとでも好きになれそうだと思った？　付き合いたくなった？」

「や、正直それはない……」

むしろあの時のことがあったから、一層確信した。三角関係の頂点のどこかが叶ったら、この関係は終わる。ややあって、私は言った。

「でも、そうなったら三人で映画に行くことはないのかもな、と思った」

「新太も俺が来るの嫌がりそうだしな。ままならないよな」

私達は三人とも仲がいいはずなのに、恋愛というものを差し挟んだだけでこうも上手くいかなくなってしまう。

「私と新太が付き合うのを阻止したところで、どうせいつかは新太も他の誰かを好きになるかもしれないよ。それについてはどう思ってるの」

「それはもうどうしようもないから諦めてる。だって、それに対しては俺に出来ることはないから。でも、目の前で起きてることはどうにかしたいじゃん」

あーでも、と園生が続ける。

「万一新太が誰かと付き合うなら、やっぱり鳴花がいいよ」

「もうそれ矛盾してるよ」

「分かってる。最終的には自分以外嫌なんだけど、その中でもやっぱり『どうせなら』があるんだよ。いや、どうなんだろうな……」

「そうしたら知らない人間と付き合った方がマシだと思うけどな、私と新太の結婚式でスピーチ出来る？」

「出来ないかもな、流石に」

「だから園生は私と別れられないんだろうな」

「そうだよ。あわよくば鳴花には俺を好きになってほしい。それでようやくフェアだろ」

確かにフェアかもしれない、と思う。今までと同じ輪を回し続けたいなら、私もその流れに乗るべきなのだ。ウロボロスみたいに、新太が私の尻尾を噛んで、私が園生の尻尾を噛んで、園生が新太の尻尾を噛んで、そこからぐるぐる回ればいい。

「不毛だしハッピーエンドじゃないなー」

「でも、安定はしてるだろ。誰が不幸になることもないし」

そう言う園生の中で、片思いは不幸なものじゃないんだろうか。

「いいアイデアだろ。鳴花は俺のこと好きになってよ」

「好きになれたらいいのにな」

軽く流したいのに、本気でそう言ってしまう。全ての好意を一旦均《なら》してもう一度輪を作るのだ。でも出来ない。

音楽のセンスがよく、憎まれ口をよく叩くけれど、何だかんだで付き合いがよく、手先が器用だから魚の干物ですら箸ですいすいと解体してしまう園生。好きになる要素は沢山あるのに、どうして恋は出来ないんだ？　今まで園生に恋をしてきた誰よりも、ディープに園生と関わってきたはずなのに。

これからもずっと園生と一緒にいたい。同じ墓に入りたいくらいなのに、どうして恋愛感情だけがついてこないのだろう？　何なら多分キスとセックスくらいなら出来なくもない。

でも、それをしたところで、こうして恋人の肩書きだけを共有して牽制し合っているのと変わらない。

それを考えたらなんだか泣きそうになって、醬油でひたひたになった酢飯をスプーンで掻き込む。難易度の低いご飯を園生の前で食べるべきじゃなかったのかもしれない。素手で殻を剝かないといけないようなシーフードレストランに行けばよかった。春日井園生はそれを笑って見ていてくれる人間なのだから。

「好きになってごめん」

私の顔が引きつっているのに気がついたのか、園生がどうでもいいことを言う。

そんなことを言う園生は、遠回しに私に赦してもらいたがっている。新太も園生も、私達の間に順位付けをしてしまった。人を好きになるっていうのは、他の人間を一つ下に置くことなのだ。私を崖の下に置いて、それでもこちらを気遣わしげに覗いている。

私は自分を好きになった新太にも、新太を好きになった園生にも等しく怒りを抱いている。一人を選べる程度には、三人でいることを好きじゃなかった二人に失望している。

だから、園生の望む言葉は言ってやらない。気のない相槌を返すと、園生がまた漣《さざなみ》のように静かに傷つくのが分かる。

こんな駆け引きをしたくなかった。駆け引きなんてゲームの中だけでいい。また三人で屈託なく遊べる日は来るんだろうか。

ずるいことに、私は園生に新太に告白すれば？ とは言わない。新太が私を好きでいる以上、成功する可能性は限りなく低いし、もし上手くいったとしても、スピーチを読むのが私になるだけだ。そうなると、やっぱり寂しい。二人だけの写真が載ったスライドショーを見ながら、きっと泣くだろう。

だって、園生達のツーショットなんか、大抵私が撮っている。私と新太のツーショットが、往々にして園生の手で撮られたものであるように。

新太が顧問を勤めている運動部はなかなかの好成績を残し、とうとう地区大会にも出場するまでになったらしい。必然的に新太が休日に出なければいけないことも多くなり、私と園生は更に二人の時間を過ごせるようになる。

「部活とかって休めないの？　ブラックだろ」

度重なる予定のバッティングに、園生がそう唇を尖らせる。けれど新太は、首を振って言う。

「まあ、よくない部分だと思うし、休み潰されるのはだるいし、変えてかなきゃいけないと思ってるけど、あいつらがいいとこまで行けるのは嬉しいんだよな」

新太のこういうところが好きだ。休日が潰されていてもなお、新太は自分の教えている生徒の快挙を素直に喜べるのだ。そういう人間が教師であるというのは得がたい。もし顧問から外れたとしても、新太は大会の様子を見に行ってしまうんじゃないだろうか。

そうじゃなくても、新太は普通に忙しい。今年は初めて三年生のクラスを受け持ったとかで、年末に向かうにつれてどんどん大変になっていくのが目に見えている。ただ、教師の仕事は新太にとっての天職だから、毎日充実していて楽しそうだ。

そこで私は気づく。恋愛とかそういう拗《こじ》れを抜きにしても、段々と新太は社会の方向へ寄っていってないだろうか？　だとしたら、こうして膠着《こうちゃく》状態を保っていても、普通に私達の崩壊が目の前なんじゃ？　そんなことがあっていいものか。

「それもまた成長の一環なんですよ」

あれだけブラックだなんだと文句を言っていた園生は、二人になるなり落ち着いた声でそう言った。

「仕事も段々楽しくなってくるし、延々と宅飲みしたり、ゲームや映画の話ばっかりして寝落ちするような喜びとは縁遠いものになっていくんですよ」

「その語り口やめてくんない？」

「真理の話をしているので」

園生は全く悪びれる様子もなく、つらっとそう言った。

待ち合わせ場所に来た時から、今回はいつもと話が違うなと思っていた。一泊二日分の荷物を用意しろと言われながら、何も聞かなかった私も共犯者だ。目出し帽を用意しろって言われて犯罪を予期しないのはただの馬鹿だ。

園生は私の分も福井《ふくい》行きの切符を取っていた。当然払おうとしたのに、頑なに拒否された。聞けば、旅館の手配も既に済ませているらしい。その周到さが私に向けられたものではないと知っているので、抵抗せずに受け入れた。

「福井って何があるの」

「んー、強いて言うなら東尋坊《とうじんぼう》」

「東尋坊があるとこか。なんかこう、嫌な連想するんだけど」

「今はそんな飛び込む人間いないってよ。まあ、死ぬ時は死ぬらしいけど、普通に観光地になってるらしい」

目玉であるはずの観光地について話しているのに、園生は殆ど熱のない声で言った。

二人だけで旅行に行くのは初めてだ。旅に出る時はいつだって三人だった。二人きりで旅行に行くと、新幹線の二列シートで収まってしまう。窓際の席に座りたがる新太がいないから、本当に久しぶりに窓際に座った。

納期が厳しかったのだと言って、園生はそのまますやすやと眠り始めた。これもいつものことだ。移動中の園生は大抵寝る。その間、私は新太と二人でビールでも飲んで過ごしていた。なのに今日はワゴンもスルーして、ただぼんやりと窓の外を眺めていた。

そして福井に着いた時には、すっかり夜になっていた。

旅館の人が迎えに来てくれると言うので、駅前のベンチに座って待つ。ベンチには何故か二足歩行の恐竜の模型が優雅に腰掛けているものがあって、私達は自然とそれに座った。私と園生の間に恐竜を挟んだことでさっきよりずっと馴染む。生徒の為を思って大会に随伴する新太は、自分が恐竜に挿《す》げ替えられていることを知らない。

「個室に露天風呂があって、そこから星が綺麗に見える、めちゃくちゃ遠いところに行きたい」

恐竜の向こう側で、園生がぽつりと言う。

「っていう話をしたことがあって。一番条件に合ったのがここだった。これから泊まるところ、個室に露天風呂ついてるんだぞ」

園生の話には『誰と』が抜けている。言われてようやく空を見上げると、ばらまいたような星が見えた。

それを見た瞬間、はっきりと理解した。

園生はブレない。私と付き合っているのは、自分の愛を守り通す為で、親友の私にこんなことを頼んでまで泰堂新太に恋人を作らせないようにしている。

ただ、あまりにもブレないので、こんなところまで私を連れてきてしまった。間接的な愛情表現は、結局間接的なものでしかないので、園生はやはり新太とここに来て、新太と星を見るべきだったのだ。これで救われるものなんて何もない。

「露天風呂は楽しみだけどさ、やっぱりこれ馬鹿だよ」

「……うん」

「本当に馬鹿だ。それじゃないだろ」

「鳴花は三人で来たかったんだよな。分かってる」

分かった風に園生が言うけれど、それだとまだ足りない。もしこの福井旅行で、私が外されるようなことになるなら、私は旅行そのものもなしでいい。

ふと、園生が私を好きであってくれたらよかったのにな、という思いが過《よぎ》った。だったら、こんな醜い感情にも気づかずに済んだ。

園生が取っていた部屋は結構な広さで、予告していた通り露天風呂があった。その部屋の豪華さを見た私は、今までの微妙な気持ちを投げ捨てて素直に感動する。露天風呂からはちゃんと星が見えて、お伽噺がそのまま実現したような気持ちになった。いるのは王子様でもお姫様でもないけれど、森の動物しか出てこないお伽噺もある。

そして、部屋は一つだった。三人で旅行に行く時、私はいつも別部屋だ。結局園生と新太の部屋に転がり込むのが常だったけれど、旅行では免罪符のような使われない一室を取るのだ。荷物置きには広すぎるシングルルームを、そういうものだと思っていた日が遠い。

「同室ですね、園生さん」

「そりゃあ恋人同士で来てるんだから、同室にもなるでしょうよ」

園生が当たり前のように言う。私は頷く。

夕食の時、園生は珍しいくらいハイペースで酒を飲んだ。元々あまり酒が強くない方なのに。

けれど、酔っていくにつれ、園生は妙に陽気になって、嬉しそうに私の名前を呼んだ。新太の名前じゃなく、鹿衣鳴花の名前を。

そして、最近手を出したソーシャルゲームの話や、今作っている曲の話を始める。私も会社での馬鹿な失敗や、遊んでみたいボドゲの話をした。そのことがあまりに嬉しくて、震えた。二人でいる時に、こういう会話を久しくしていなかった。打てば響くような言葉の応酬が楽しくて仕方ない。私が鼻歌で歌うどんな映画の歌でも、園生はタイトルを当ててくれる。というか、うろ覚えの私では正解かどうかも判断出来ないから、園生が与えてくれるタイトルが正解になる。

私が放送部に入ったのは、昼休みの放送を自由に出来るという噂があったからだ。昼になると、よく分からない音楽の流れる学校を改革してやろうという革命の気持ちだった。

蓋を開けてみれば、昼に流れる妙な音楽は当時の校長が作曲したもので、校長作曲のダサい音楽を流す代わりに部員二名の弱小放送部が存続出来ているという恐ろしい裏取引きが存在していた。

そんな分かりやすい癒着があるかよ、と思ったものの、部員三名の弱小放送部が愛おしくなってしまった私は、あっさりと革命を諦めた。

校内にメイドイン校長の曲を垂れ流しながら、放送室内ではいつでも、新太が持ち込んだ音楽が流れていた。ピチカート・ファイヴだとかエレファントカシマシだとかのよさは分からなかったけれど、『ゴッドファーザー』のサウンドトラックは好きだった。

多分、園生の作曲のルーツはここだろう。自己愛の強い校長のクソ音楽なんかより、数段いいものを作る園生の音は、辿れば新太に行き着く。

だとしたら、始まりが分からないという園生の好きは、あそこから来ていたんじゃないだろうか。好意の糸は際限なく長くなるものだ。

旅館の人が皿を下げ終わる頃には、園生は殆ど真っ赤になっていた。慌てて冷蔵庫の備え付けの水を飲ませると、人心地がついたのか、園生の目の焦点が合う。

「あー……ごめん。ちょっと飲みすぎた」

「そんな強くもない癖に、調子乗って。こんなに飲むの三人でいる時だけじゃん」

「だからだよ」

「何が」

「めちゃくちゃ飲んだら、何か三人でいるような気分だった。やっぱり俺も、三人でいるの好きだわ」

その言葉で納得する。さっき園生がいつものように話していたのは、そこに新太がいたからなのだ。三人でいる時しかこんなに飲まない園生が、アルコールで手に入れようとした幻想！　やっぱり園生はブレないし、恋は怖い。呼ぶなよ。

そう思っていた矢先、園生が「もうやめようかな」と言う。

「やめるって何を？　こういう恋人ごっこ？」

「好きでいるの……」

「それがやめられたら苦労しないんだよな」

「でも、物理的に離れることで忘れられることもあるだろ」

その言葉を聞いて、畳に寝転んでいる園生の頭を思わず叩いてしまう。痛ぁい、と子供のような声が返ってきた。

「それが嫌だから福井まで来たんだけど」

「でも、これでまた三人に戻れるかもよ」

「ならない。そんなの、戻らない……」

今度は私が愚図る番だった。園生が失恋の傷を癒やし、ただの親友として私達のところに戻ってきても、そこにはもう元の場所なんて残っていない。

私達はいい大人で、もう二十六歳になる。私達が変わらずにいられたのは、意図的に同じことを回し続けていたからだ。園生が半年でもいなくなれば、私達は変わってしまう。

「それで数年後に、あの頃は四六時中一緒にいたよなって思い出話にするつもりなんだろ。

私はそんなの嫌だ。手の届く位置にこの生活を置いておきたい」

「……どうせそのうち何かがきっかけで駄目になるかもしれないぞ」

「だって新太は今日も部活の遠征について行ってるんだもんな！　でも、関係ないから。新太だって落ち着いたら私達を優先してくれる。絶対そうだ」

「だから、せめて鳴花だけでも新太と付き合っておけば、少なくともバラバラになることはないだろ」

「それは私の欲しいものじゃない。やめなくていいから、どこにも行かないで……」

いつだって園生は私の欲しい言葉をくれないので、困ったようにこちらを見るだけだ。変わらないものはないなんて尤《もっと》もらしい言葉は聞きたくない。それは、変わらないでいようと本気で努力した人間だけが言える言葉だ。

「でもなー、このまま全員家庭を持たないハッピーエンドってのも難しい気がするんだよな。俺は全然それでもいいんだけど。でも、鳴花と新太の子供はちょっと見てみたいな」

「うるさい。黙れ。ならそっちが産め」

「産めたらよかったんだけどな」

「ごめん、撤回する」

「いいよ、別に」

園生がからからと笑う。言うべき言葉はそれじゃなかった。

私が新太の子供と園生の子供を交互に産んだらどうだろう、ということまで考えてしまう。そんなことをしても、結局二人は交わっていないのに。雑魚寝の時に与えられた毛布と同じだ。少し違うか。いや、何が違うんだろう？　その特別さを見ないふりが出来るほど、私は甘やかされていただけなんじゃないか。

もうやめたい。こんなことを考えるのは二人にとって失礼だし、寂しい。というか、愛が紛れ込んだことで何でこんなに寂しいことになってしまっているんだろう。

「キスしてみようか」

潤んだ目のまま、園生が不意にそんなことを言った。

「…………は？」

「鳴花が嫌じゃなきゃだけど」

「嫌ではない、けど。ていうか、園生はどうなの」

何でキスしてみようかになるのか、その流れで何がどうなるのかをすっ飛ばして、思わずそう聞いてしまう。

「俺達は殆ど同じなんだよ。嫌じゃないよ。俺は鳴花が好きだから」

その言葉が自分の心に綺麗に嵌まり込む。私が園生を好きであるように、園生は私のことが好きなのだ。私達は恋は出来ないけれど、キスは出来る程度に好きで、恋人ごっこだって出来てしまう。

園生が身体を起こす。目を閉じるのがセオリーだとは知っていたけれど、私達はお互いに目を開けたままそれをした。目の前にいるのが誰か、ちゃんと認識しておく為だ。

数秒にも満たない間だったのに、その温度から表面の荒れ具合まで、私ははっきりと味わう。離すタイミングが分からないので、私は終始園生に任せていた。初心者染みた話だけれど、私は息を吸うのも忘れていた。

そうして息を再開した瞬間から、地獄のような恋が始まる。

キスをしてから、園生はいつものように笑って「何も変わらなかったな」と言った。仰る通り、キスを終えても園生はまるで変わらなかった。何故なら私は鹿衣鳴花で、彼の愛する泰堂新太ではないからだ。私も「何も変わらなかったね」と程度の低い嘘を吐《つ》く。それから何も始まらなかったから、きっと私は上手く騙し仰せたのだろう。

でも、そんなことはなかった。そこから布団を敷き、二人で並んでただ眠る間も、私は園生に恋をし続けていた。そう、キスをした瞬間から、私はすっかり園生が好きになってしまっていた。

最初に思ったのは、園生はよくこれに耐えていたな、ということだった。思い返す度に行き場のない熱を感じ、さっき別れたばかりなのにもう会いたい。理性では判断がつくのに、もっと根源的なところが言うことを聞かずに暴走する。

福井旅行から帰ってから、私には明確な変化が訪れていた。春日井園生のことを考えるだけで手が震え、妙な焦燥感と多幸感が胸を焼く。

駄目だ。心が脳にしかないこと、分かってしまった。ちゃんと繋がっている。

唇を触れ合わせたことで、私の脳は勘違いを起こしてしまったのだろう。キスしたんだから好きな相手なんだろうと、過去に遡って理屈をつけようとしている。この世に両思いの人間が多い理由を知ってしまった。

元々私は春日井園生という人間が普通に好きだったのだ。だから余計に効くのだろう。好意の水がいっぱいにまで入ったコップがキスで揺らされれば、あとはもう溢れるばかりだ。

もし園生と付き合うことで新太が離れてしまっても、それでもいいと思うほどだった。これか、と私は思う。それは、園生も形振り構わず戦おうとするわけだ。

私の頭にはウロボロスの図がはっきり完成してしまっていて、それは新しい安定の形にも思えるけれど、そうじゃない。こんなものは安定じゃない。普通に苦しい。

あれから、園生とは連絡を取っていない。いつも週末に近づくと連絡を取り合って、新太がいるなら三人で、いないなら二人で遊びに行く予定を立てた。つまり、それ以外では特に連絡を取らなかった。なのに、その不文律を破って、私は園生に連絡しようとする。

これはまずい、と本気で思う。

だから、対策を講じた。

私は園生に連絡しようとする身体をどうにか押さえつけて、ちゃんと園生と離れて過ごす。この状態で園生に会えば、これは更に悪化するだろう。まるで疫病のような対処だが、それ以外に手立てがなかった。

意外にも、この方法は上手くいった。

キスから一週間も経てば、自分の中にあった熱が大分治まっていることに気がついた。園生のことが好きでたまらない、という気持ちが段々と薄れていっている。勿論、まだ園生のことは意識している。でも、理性を失うほどじゃない。

ベッドの上に寝転がり、深呼吸をして天井を見上げた。

恋愛の深みに嵌まらなくてよかった、と心の底から思う。冷静に考えれば、キス一つで好きになったかもしれない、なんて思う方がおかしい。

……でも、現に私は少しおかしくなっていた。今は多少落ち着いているけれど、もう一度同じことになったら分からない。同じことをしたら、同じ反応を引き出せるかもしれない。それを隙間なく重ねていけば、私は恋が出来るのかもしれない。

私は二人を選ぶことが出来る。

それが分かってしまった瞬間、前提が覆ってしまう。

どうしよう。私は、新太のことを好きになれる。心が着いていなくても、恋人の型に嵌められるだけで。

週末は、まるで見計らったかのように園生が不在だった。依頼されていたものが終わらず、週末は缶詰めになるのだという。納期に追われて旋律と睨み合う園生は、大変だけど充実している。

入れ替わるように新太の部活が落ち着いたので、今度は新太と二人きりになった。

「タイミング悪いよな、園生も」

「ラフマニノフが降りてくれれば合流出来るかもしれない」

「でもまあ、鳴花とサシも珍しいしな。これはこれで」

勤勉な新太は、今の今まで禁酒を貫いていたらしく、久しぶりの居酒屋で嬉しそうにビールを飲んでいる。

「おすすめ、金目鯛《きんめだい》の開きだって」

「へー、珍しいな」

「頼んでいい？」

そう尋ねると、新太は当然頷く。金目鯛は写真からも分かる通り、骨が多くほぐすのに苦労しそうだった。こんなのは、会社の先輩の前や他の友人の前では食べられない。難易度十だ。きっと骨を上手に外せなくて、身は消しゴムの滓《かす》のように細かく裁断されるだろう。でも、みっともない姿になった金目鯛を、新太はきっと何も言わずに食べてくれる。

案の定、私は金目鯛を派手に損なう。自分でも引くような有様になっても、新太は何も気にせずに骨と身とワタが散らばった皿に箸をつける。私が頼めばほぐしてくれるが、基本的に新太は私の自主性を尊重する方針だ。

「相変わらず下手だな」

「ずっと思ってたんだけど、こういうのって免許とかあるんですかね。どう考えてもこの店に来る人間の大半は骨を上手く除いて大きな身を食べられるわけですよ。なぜかおかしい」

「でも、食べられれば同じだろ。金目鯛は味が濃いし」

「この尻尾近くとか、食べ物とは思えない固さじゃん？　ここを箸一つで攻略するのはどうやってんだろう」

「その場合箸一つっていうか箸一膳じゃないか？」

新太が笑う。

私達は近況報告と雑談をしながら、楽しくお酒を飲む。

その中でもやっぱり一番の話題になっているのはここにいない園生の話だった。

私と園生が新太の話ばかりするのと同じだ。不在を言葉で埋めている。園生と新太が二人の時は、私の話をしているんだろうか。自分の葬式を見てみたいのと同じ気持ちで、その場に居合わせたくなる。

こうして向かい合ってお酒を飲んでいる最中も、私は新太からの好意を感じている。

新太は私のことを本当によく見てくれている。どんなことでも真剣に聞いてくれるし、多分、大切にされている。焼き鳥を串から外して小皿に移して、難易度を下げてくれるのが愛じゃなくて何なのか。なんて馬鹿なことも思う。

私は新太のことが好きだ。園生のことを愛しているように、新太のことも愛している。好意の水は等しく新太のコップにも溜まっていた。ここで新太とキスでもして、脳にふん切りさえつけてしまえば、私は新太と付き合える。園生のことを不幸にして、ただの幸せを手に入れられる。

だって、本当は知っている。三人で一緒にいようなんて分《ぶ》の悪い賭けだ。私にも、園生にも、新太にも、他に好きな人が出来る可能性がある。そうなったら、この小さく完結する世界も終わる。そうでなくても、いつか私達は変わってしまう。

なら、たった一人でも手に入れて、自分の手で終わりにすることの何が悪い？　そもそも、傍目《はため》から見ればこれはハッピーエンドじゃないのか。

私達は親友であることをやめて、一つの家族と一人の友人になって、疎遠にはなるけれど絶縁はしない。適切で成熟した関係になっていく。

新太が、何かを言いたそうに私を見ている。告白をされる予感がする。あるいは、今日のところは様子を見て、次に言おうと思っているのかもしれない。

この膠着状態を打破する術《すべ》は知っている。私が先に新太に告白してしまえばいいのだ。私は、私が、きっと新太のことを好きになれると知っている。キスの一つで水が溢れ、かつての自分を裏切れると知っている。

「なあ、鳴花」

その時、新太が不意に真剣な顔をした。グラスを置く音がやたら耳に反響する。穏やかだけど重い音だ。

「どうしたの?」

空々しく聞こえませんように、と祈る。

まだ躊躇《ためら》いがあるのだろう。新太は視線を彷徨《さまよ》わせていた。

「……そういえば、今度あの映画の続きやるんだって。ほら、鳴花が好きだって言ってたやつ」

とても大切なことを言いかけたはずの新太が、そう言って少しだけ矛先をずらす。

新太が挙げたタイトルは、三年前に二人で観に行った映画だ。サスペンス要素があって、会話が洒落《しやれ》ているやつ。アクション要素も散りばめられていて、ラストの大団円っぷりもご都合主義で愛らしかった。これなら園生も飽きずに観られるだろうという映画だった。

あの日、エンドロールを観ながら、私はそこにいない園生のことを考えていた。タイトルが長いものは難しそうだから、と拒否した短絡的な園生のことを。

そう思ったら、もう駄目だった。

春日井園生が常にそこにいない幸せなんか、私は全然欲しくないのだ。

そして私は、静かに一線を踏み越える。

「三人で観に行きたい」

「え？」

「あれさ、結構ドンパチもあったし笑えるところも多かったし、音楽も良かったから、今度は園生も連れて行こう」

「あいつ好きなタイプの映画かな」

「行って寝たら仕方ないよ。連れて行こう」

私がはっきりと言うと、新太は少しだけ残念そうな顔をする。今までなら気づかなかった微細な変化だ。でも、私は新太の心の奥にある感情を知っている。その正解を知っている。この文脈であの映画の話をする裏に、二人で行きたいという気持ちが紛れ込んでいることだって。

でも、私は敢えて知らないふりをする。きっと新太が望まないタイミングで、無理矢理にでも春日井園生の話をする。園生が来ないはずだった映画に、園生の席を用意する。酷い話だろう。私は全てを知りながら、新太の恋路を邪魔している。でも、これは戦いなのだ。

春日井園生が自分の愛の為に戦ったように、私も私の為に戦っている。

「そうだな。というか、あいつはタイトルだけで判断しがちだし、そこで損してる」

「そうだよ。三人で観たら意外と面白いかもだし、結局寝たって思い出だよ。全然嵌まらなかったら、全然嵌まらなかったって話をしよう」

それを聞いた新太が笑う。それを見て、私は密かに確信する。

二人で行けない映画を惜しく思っていても、新太は三人で行く映画が嫌いじゃないのだ。何故なら、泰堂新太は春日井園生の親友でもあるからだ。その気持ちがある限り、私達は輪の中から園生を弾き出せたりはしない。ややあって、私は言う。

「あ、電話だ。園生かも。ちょっと出てくる」

「本当にラフマニノフが降りてきたのか？」

「だといいけど」

そう言って、私はうんともすんとも言わないスマートフォンを携え、外に出る。嘘を吐くのに慣れてきている自分が恐ろしい。そして、私は園生に電話をする。修羅場であっても、２コールで園生が出た。

『あれ、新太と飲んでんじゃなかったっけ』

不摂生が祟っているのか、園生の声は掠れていた。きっと、本気で余裕がないのだろう。

それでも私は、身勝手に言う。

「今から来い」

『え？』

「納期だろうと、今ここに来るしかないんだよ。仕方ないから、帰ってから徹夜しろ」

『そんな無茶言われても』

「三人でいれば、新太は告白してこないよ」

電話の向こうで、園生が息を吞む。

「私はもう、園生と二人で遊びに行かない。新太ともだ。どんな時だって三人でいる。それ以外は全部要らない。約束するよ、園生。私は私の愛の為に戦う。だから、園生も形振《なりふ》り構わず三人でいることを優先してよ。止めたいんだろ、バッドエンド。私が新太と付き合わないようにするのに一番効果的なのは、三人でいることだよ」

『それ、俺がやったことと同じじゃん』

「そうだよ。お前が新太を取られたくないように、私も三人を取られたくないんだよ。これから、園生がタイトルだけで敬遠してた映画の続編にも来てもらうからな」

『やだよ。薄々気づいてたけど俺と二人の映画の趣味ってマジで合わない……』

「いいからさっさと来いって。あのいつもの居酒屋にいるから。この店、ラストオーダー閉店までだからまだ飲める」

私はそれだけ言うと、さっさと通話を切った。スマフォを仕舞って店内に戻る。席に着いたら「園生来るってさ」と言ってやるつもりだ。返事はまだ聞いていないけれど、きっと三十分も経たずに来るだろう。趣味の合わない映画にだって渋々付き合う。三人でいることに尽力してくれる。何しろ、園生は泰堂新太を愛しているのだ。

園生が園生自身を人質に取って自分の愛を守ろうとしたように、私も園生の愛を人質にとって自分の愛を守ってやる。

考えようによっては、私は酷いことをしてるんだろう。それでもいい。園生も新太も私も、全員が等しく愛の為に戦う日々がこれから始まるのだから、これはフェアプレイだ。歪《いびつ》なウロボロスを作って、私は強引にそれを回す。

誰かが自分の愛情を諦めた時、この輪はあっさりと終わるだろう。あるいは、新太や園生が本心を騙《かた》らなくなった時、またカタストロフが起きるのかもしれない。でも、それは今じゃない。なら、あともう少しだけこうしていたい。

私は串付きで残っている焼き鳥を一本取ると、これから来る園生の為の小皿を用意する。

それは私が今表せる、一番穏当な形の愛だからだ。

私は泰堂新太を愛するように、春日井園生のことを愛している。

健康で文化的な最低限度の恋愛

恋愛に身体を食い尽くされて、美空木《みそらぎ》絆菜《きずな》は自分の骨がどれほど心許《こころもと》ないものかを知った。二十七年の人生の中で、多少なりとも自分探しをしてきたけれど、そこにあったのは、どうやらただの虚《うろ》だったらしい。

振り返ると、雲が間近まで迫っていた。絆菜の愛していた日常は遮られ、自分で選んだ孤独な山肌だけがここにある。

足元にぎゅっと力を込める。まだ二度しか履いていないマウンテンシューズが、想像上で軋《きし》みをあげる。沢山並ぶシューズの違いを店員に聞いたら、いざという時の生存率が違います、という回答を受けた。当たり前のように告げられた言葉が恐ろしかった。山で人は死ぬのだ。

どうして自分がこんなところにいるのかが一瞬分からなくなる。

「大丈夫ですか？　美空木先輩」

津籠《つごもり》実郷《みさと》がこちらを見ている。それを意識した瞬間、途方もなく寂しくなった。

ここで絆菜が死んだとしても、津籠は罪に問われないだろう。問われるはずがない。表向きには、こんなものただの事故死だ。

けれど、本当は思っている。ここで死ぬのは津籠のせいだ。

ずっと殺され続けている。全部奪われている。骨の空洞に、愛が詰め込まれている。

運命の朝、絆菜は親友の遠崎茜《とおざきあかね》が逮捕されていたことを知ったばかりだった。

半年ほど連絡が取れず、不安を覚えていたところに、突然『ごめん、逮捕されてた』という衝撃的な文面が届き、経緯《いきさつ》を示す読みやすい長文が続く。

絆菜はそこそこ社交的だし、友達も多い。それでも、親友と呼べる相手は茜だけだった。その相手がこんなことになってしまって、絆菜は本当にショックだった。

しかも、その罪が所謂《いわゆる》ストーカーだったと聞いて、更に落ち込んだ。自分が知っている茜は、自分の感情で誰かに迷惑をかけるような人間じゃなかった。確かに色恋沙汰が多い人間だったけれど、そんなことをする人間じゃなかった。

後で彼女が語ったところによると、茜は付き合っていた相手と別れたくなくて毎日家に通い詰めていたらしい。

その期間は延べ百八十六日。百八十六日の中には、絆菜と茜が食事に行った日も含まれていた。あの日も、茜は付き合っていた男の家に行ったんだろうか？　穏やかにポークステーキを切り分けていた茜の姿と、ストーカーで捕まる人間が結び付かない。ナイフを滑らせていた手で、扉を延々と叩いたり、ドアノブをガチャガチャと鳴らしていたのだろうか？

親友をやめようとは思わない。ただ、これからどうしよう、とは思う。自分が知っている人間と、捕まった茜が別人すぎて恐ろしいのだ。恋によって人間がそこまでおかしくなるなんて思わなかった。

運命の瞬間の二十八分前、絆菜は友人がおかしくなってしまったことを憂いていた。まさか自分がそんな目に遭うなんて思わなかった。

絆菜が働いているのは、ＳＮＳの運営会社だ。様々なＳＮＳやウェブサービスを運営しているが、その中でも有名で、なおかつ絆菜の担当部署でもあるのは『クッカーズ・ノック』というＳＮＳサービスだ。

ユーザーが自由におすすめのレシピを投稿して、他のユーザーはそれを参照してリアクションをすることが出来る。人気のレシピは検索上位に表示され、ユーザーのレベルが上がっていく。言ってしまえば、よくある料理系ＳＮＳだ。

他の料理系ＳＮＳと違う点は、このＳＮＳにマッチング機能があるところだろう。食の好みが通ずる人間の相性はいい、という前提の下に作られたクッカーズ・ノックでは、お気に入りにしたレシピの傾向が似通っている異性と繋がることが出来る。そうして繋がった異性とは、運営が主催する料理教室や食事の場で対面を果たすことが出来るのだ。

この『ノック機能』が話題を呼んで、今では料理系ＳＮＳとマッチングアプリのユーザーを共に取り込んだ、独特な立ち位置を維持することが出来ている。出会いを求めていないユーザーはノック機能をオフにすることが出来る為、いい具合にユーザーを取りこぼさないことに成功していた。

「人間なんて結局のところ、食欲と性欲と睡眠欲しかないわけだからね。一つでも摑めれば万々歳なところを、二つ摑めてればそれはもう、人間の六十七%をいただいたようなもんなのよ」

そういえば、茜はいつぞやの飲みの席でそう言っていた。その発言自体はあけすけだったし、あまりに直接的すぎて好きになれなかったけれど、絆菜の中でその言葉はすとんと腑に落ちた。人間の六十七%を支配しているから、今日もクッカーズ・ノックは安泰なのだ。

クッカーズ・ノックは穏やかに既存ユーザーを繫ぎ留め続けながら、新規ユーザーをじわじわと取り込んでいる。派手な推移はないものの、この安定性がここの売りだ。決して止まることのない川のような流れは、多分それが人間と密に絡み合っているからなのだろう。

人間はそうそう変わらなくて、求めるものも同じだ。変わらない。

ともあれ、絆菜はこのサービスのことが気に入っている。ノック機能については自社サービスながらふうんという感じだが、ユーザーが思い思いのレシピをぽつぽつと投稿しているのを見るのは楽しい。

今、絆菜が構想しているのは、ノック機能を友人相手にも広げられないだろうか、ということだ。

ネット上でただメッセージを送り合うだけでなく、実際に会える友人として仲介する。今は異性としかセッティングしない対面の場を、運営側が設ける。だって、そうじゃないだろうか。恋人だけを料理で繋げるのではなく、友人も繋げられたらどれだけいいだろう？

だが、サービスの根幹を大きく変えてしまうものだから、という理由で、この機能の実装は見送られ続けている。確かに、マッチングアプリ×料理ＳＮＳの趣旨からは離れるかもしれない。だが、この機能の実装が、結果的にクッカーズ・ノックの幅を広げることにはならないだろうか？

だが、難色を示す上司達の他に、茜にも反対をされた機能だった。彼女はクッカーズ・ノックの六十七％の支配を褒めた口で、言った。

「いや、それはないって。友達はいいんだよ、友達は」

「どうして？　サービスの趣旨がブレるから？　でも、そもそもノック機能をオフに出来るようになってるんだから、出会う為のサービス一辺倒でもないってことじゃん」

「うーん、なんだろうな。食と性愛を結びつけるのがいいわけで、食と友情を結びつけるのは、なんかちょっと違うというか」

「それ、友情が恋愛より下って言われてるみたいで嫌なんだけど」

絆菜は不快な顔を隠さずに言った。すると茜はさらりと「友情が恋愛より下って言うには、あまりに絆菜が大事だよ」と返す。そういうところがずるい、と思う。

「まあ、そういう機能を試しでやってみるのはいいと思うけどね。どういう結果になってもいいデータでしょ」

「……いちいち引っかかるけど、応援してくれるならありがとう」

「応援してるよー。いつもいつ何時でも応援してる」

茜が笑う。この時に食べていたのは、確かキンパだ。駅ナカに美味しい店があるのだ。

この時のことは折に触れて思い出す。絆菜はクッカーズ・ノックが所詮ただの出会い系だ、と呼ばれることも不快だった。とどのつまり、絆菜は恋愛とか性愛の方を下に見ていたのかもしれない。

ともあれ、絆菜は今日もクッカーズ・ノックの運営に奔走し、茜は逮捕された。世も末だ。

そんなことを考えているうちに、絆菜は会社に辿り着いた。

今日は、中途採用された新人が入ってくることになっていた。面接でかなりの好印象を残した彼は、初出社の前から話題だった。好青年、二十五歳、有名な大学の出身。

ついでに顔もいいらしい、とまことしやかに囁《ささや》かれても、絆菜は「優秀なのか、もしくはめちゃくちゃ器用なんだろうな」としか思わなかった。もし本当に期待に値する人間なら、一緒にどんどんクッカーズ・ノックを変えていってくれるかもしれない。そう思ったくらいだ。

だから、運命の瞬間の数秒前まで、絆菜はそこから始まる苦しみを欠片《かけら》も想像していなかった。

自分の担当部署に辿り着くと、確かに見知らぬ人間がいた。背は百七十二センチくらい、長めの髪は肩にかかりそうだ。顔つきはやや幼めで目がやたら大きいのに、体つきはやけにがっしりとしている。笑う顔は日に焼けていた。なるほどな、噂になるのも分かる。

彼の手が、絆菜の方に伸ばされた。

「津籠実郷です。よろしくお願いします！」

「美空木絆菜です。よろしくお願いします」

「美空木先輩ですね。これから本当によろしくお願いします――って、二回言っちゃった」

呆れるほど普通の挨拶だった。特別なところが一つもない。それなのに、津籠のことをまじまじと見つめてしまった。その後に、慌てて握手を交わす。

「ごめんなさい、ボーッとしてて」

「いえいえ！　とんでもないです。よろしく――あっ、まあいいや、三回分くらい、俺はよろしくしてほしいので」

津籠はそう言って笑った。差し出された手も、絆菜のものに比べて随分焼けている。

津籠は、絆菜の直属の後輩になるらしく、色々教えてあげてほしいと上司が言っていたのを思い出す。そうか、後輩なのか、と改めて思った。手が離されて、絆菜は自分のデスクに就く。不思議な感覚だった。

それから、津籠はみんなの前でも自己紹介をした。今まではとある輸入雑貨の会社で働いていたが、他の仕事がしたくなって転職を決意した。趣味は料理とサッカー観戦。この会社に来る前から、クッカーズ・ノックは個人的に利用しており、レシピの投稿でユーザーランクがそこそこ上がっていた。

「クッカーズ・ノックに関われることになって、本当に嬉しいです。これからよろしくお願いします」

「料理好きなんだね。作るのも食べるのも好き？」

絆菜の同期である乃澤《のざわ》が、話を広げる為にそう尋ねた。

「好きですよ。珍しい料理を食べに行くのも好きで、クッカーズ・ノック公式に載ってる『美食探訪』とかよく読んでます」

あ、と思う。それは、絆菜が企画したものだった。あまり目立たない名店を、絆菜が訪ね歩いて紹介するものだ。ＰＶ数はそれほど多くないが、ユーザーから感想を貰うことは多い。何度か絆菜の取り上げた店が、ノック機能で結ばれた二人の会う場所に選定されたこともあった。どの回がお気に入りだったんだろう、と思う。

気づけば、津籠の自己紹介は終わって、拍手が起こっていた。一拍遅れたことに気づかれないように、控えめに拍手をする。

何度もお辞儀をする津籠と、何故か最後の最後で目が合った。うっかりしていたのだろう、津籠がはにかむ。

考えてみれば、本当に他愛がなかった。何度思い返してみても、何も特別なところはなかった。顔が好みであったわけでもないし、『美食探訪』を褒められたのは嬉しかったけれど、あの記事は津籠以外にも色んな人間に褒めてもらった。

それなのに、絆菜はたったこれだけで津籠実郷のことが好きになってしまったのだった。この時点ではそんなことは知るよしもなかったが、自分の狂気の源泉を辿ると、絆菜はいつもこの朝に辿り着く。そうして絆菜は、一目惚《ぼ》れという冗談のような言葉が辞書に載っている意味を知った。

家に帰った後も、絆菜はベッドに倒れ込みながら津籠実郷のことを考えていた。

考えていたというより、思い浮かべていたといった方が正しいかもしれない。記憶の中にいる津籠実郷を組み立てて、再構築して、想像上の台詞で鼓膜を震わせようとしていると、何故かじっとりと汗ばんだ。

茜からの続報はなかった。『刑ってどうなったの?』という絆菜の質問が既読だけ付いて放置されている。だから、自分はこんなにも余計なことを考えてしまうのだろう。津籠実郷、の名前を舌の上で転がす。ありそうであまりない名前だ。けれど、彼にはよく似合っている。目を閉じると、美空木先輩と自分を呼ぶ声がリフレインした。

夕食を食べる気にもなれずに、ボーッとスマホを見る。開くのはLINEだ。茜からの返信が来ているかをチェックした後は、ずっと津籠実郷のプロフィールを眺めてしまう。津籠は自分の写真をプロフィール画像に設定していた。本人が大きく写りすぎていて、あまり情報量がない写真だ。どこかの家で、笑顔でピースをしていることしか分からない。何か他に写っているものがないかと探すけれど、本当に何も写り込んでいない。

するすると、メッセージを送る為のトークルームに向かう。何もやり取りが為されていない、空っぽのその場所を見つめる。

連絡をするなら今日かもしれない、と思った。今日なら、これからよろしくの言葉が使いやすいから。明日になったら、今更になってしまう、とっておきの挨拶。『今日はおつかれさま。明日からよろしくね』の文面が送れるのは今日だけだ。

実際にそう送ろうとして、すんでのところで止まる。

業務上知っただけのＬＩＮＥに個人的に連絡をしていいものなのだろうか？　それは、ある種の職権濫用になり得るだろうか？　先輩だから面倒でも返さないといけないと思われたら死んでしまうかもしれない。でも、明日にはもう送れない。

どうしよう。こういう時にどうすればいいんだろう？　先輩から挨拶のＬＩＮＥを送られたらどう思うか、ネットで相談してみるべきだろうか？　クッカーズ・ノックにはゆるく使える雑談用のトークルームがあり、見知らぬ人と話すことが出来るのだ。

でも、それでウザいと言われたら、自分はもう津籠にこのＬＩＮＥを送る勇気を失うだろう。そうなったらどうしよう。

そんなことを考えていると、不意にスマホがポンと鳴った。

『今日はありがとうございました！　明日からよろしくお願いします！』

その一行が信じられず、何度も目を通す。空っぽだったトークルームに、津籠からのメッセージがあった。今日しか送られてこないような、とてもタイムリーな文面だった。慌てて返信をする。

『おつかれさま！　みんな期待してるからよろしくね』

送った後の数分は生きた心地がしなかった。そして、返信がくる。

『プレッシャー掛けないでくださいよ（笑）美空木先輩もいるので頼りにしてます！』

『あはは（笑）津籠くんと働けるのは楽しそうでいいな』

『美空木先輩を楽しませられるように頑張ります！　あ！　仕事の方も頑張ります！　それじゃあおつかれさまです！』

絆菜から見ても『おしまい』の文章が投げられて、会話が終わった。

しばらくはその画面を眺めて過ごした。連絡をしようとしていた気持ちが宙に浮き、代わりに何とも言えない多幸感が溢れる。

他の人間にも送っただろう文面だ。だが、それでも嬉しかった。少なくとも、業務時間外に絆菜と連絡を取っていいと思ったのだ。

それからは、既読をつけるのが早すぎたんじゃないかと恐ろしくなった。これじゃあ津籠のトークルームをずっと開いていたことがバレてしまう。津籠が数秒のラグもない既読に気づいていないことを願った。

津籠の送った『明日』という文字を手でなぞる。そうか、明日もあるのか、と思う。これから絆菜は津籠と仕事をするのだ。そう思うと、胃の奥が縮まった。なんだかそのことが空恐ろしい。

ところで、美空木絆菜の趣味は映画を観ることだ。今日はとあるサイトで、好きな監督の配信限定映画が公開される日だった。スケジュールアプリからの通知も設定していたし、何ならカレンダーにも書いていた。

なのに、絆菜はそのサイトを開くこともしなかった。あれだけ楽しみにしていた映画だったのに。この時点で、絆菜は何か対策を講じておくべきだったのかもしれない。でも、一体何を？


翌日出社すると、当たり前のように津籠実郷がいた。おはようございます、と言われ、絆菜も同じように笑顔で返す。

入ったばかりの津籠に任されたのは、クッカーズ・ノックに寄せられた要望を仕分けして、有用なものを報告書にまとめるという仕事だった。絆菜も入ったばかりの時にやった作業だ。報告書の体裁さえ理解してしまえば簡単な仕事だ。

絆菜が手順を説明したのだが、かかった時間は合計で数分にも満たなかった。重要だが、やることは複雑ではない仕事だからだ。

だが、その数分でさえやっとだった。目の奥にある熱い塊が、絆菜の心を掻き乱した。

「まあ、何か分からないことがあったら聞いてくれていいから、いつでも」

真剣な顔で絆菜の話を聞く津籠が、なんだかとても麗しく見える。

「ありがとうございます！　ほんとに容赦なく聞くと思うんですけど、見捨てないでくださいね！」

「何回聞いても怒ったりしないから。直接聞いてくれてもいいし、何かあったら……ＬＩＮＥとかでもいいから」

「いや、ほんとにありがとうございます！　すごい安心感あります」

津籠が笑う。目の奥の熱い塊が質量を持つ。これがこのまま質量を増せば、涙となって目からこぼれ落ちてしまうことだろう。だから、絆菜は大事を取って深呼吸をした。津籠から一歩引いて、笑顔で言った。

「クレーム処理みたいに見えるかもしれないけど、クッカーズ・ノックのアルバム機能とか、退会時のエクスポート機能とかもここから生まれたから、……よかったら頑張ってみてほしい。新しい機能に繋がるから」

「はい、頑張ります」

「うん。よろしくね」

そう言うと、舌の奥が痺れた。

二つ向こうの自分のデスクに戻る頃には、絆菜の心臓の音はうるさいほど鳴っていた。身体の内側を無理矢理叩かれているような感覚で、まともに座っていられているのか分からなくなる。パソコンに映し出された次回の『美食探訪』が、一行も書き出せない。

ここでようやく、絆菜は自分の異常を自覚した。

自分は津籠実郷のことを、致命的なまでに意識している。

休憩時間にトイレに行き、昨日のやり取りをスクショした。保存されたそれが、自分の熱の証《あかし》のように思えてならなかった。おかしいと思っているのに、止めてくれる言葉が自分の中にない。保存した画像をフォルダに収納すると、クラウドに転送されるように設定している。そうした。

それからはしばらく、その画像を眺め続けた。

現代日本において、恋が罪だとは呼べなかった。だが、仕事の遅れは明確な罪だ。

今回の『美食探訪』の記事は普段の数倍の時間が掛かってしまった。取材はもう終えていたし、紹介したいメニューも書きたい文面も浮かんでいたのに。これは罪深い。この仕事がズレ込んだお陰で、済ませたい用事がまるで終わらなかった。いくつかは持ち帰りでの作業になるだろう。こんなことになるのは新卒の時以来だった。

意識しているのがバレないよう、出来るだけ津籠の方は見ずに過ごした。もしかすると、津籠が質問に来るかもしれない。どう答えたら不自然じゃなく好印象を与えられるだろうか。そのことを考え続けて集中が出来ない。

好きなんだろうか、と思うと目の前が暗くなった。

今まで誰かと付き合ったことがないわけじゃない。恋人が出来たことは何度もある。それらが全部本気じゃなかったとは言えない。その時出来る最高の恋を、絆菜はその都度こなしてきたはずだ。

なら、絆菜の仕事を脅かし、生活を侵食するこれは何だ？　昨日、自分はＬＩＮＥを開きながら何時間過ごしただろう？　そこでようやく、絆菜は楽しみにしていた映画のことを思い出した。嘘だろ、とわざわざ口に出して言ってみる。これが恋だというのなら、今までの全てが茶番になってしまう。

どうして津籠実郷のことを、そうまで好きになってしまったのだろう。

だってまだ大した話をしていない。人となりなんか殆ど知らず、見た目だってそこまで特筆して愛おしいということもないのに。今まで幾度となく交わしてきたやり取りだ。特別なところなんて何一つなかった。好きになる理由はない。

けれど、恋をしない為の理由を挙げ始めたら、もう駄目だった。穴底にいない人間は、這い上がる為のロープを必要としない。嫌いになる為の理由を束ねて、逃げだそうとする時点でおしまいなのだ。

あれから結局、津籠は質問をしに来なかった。彼が初めて作った報告書は要点が綺麗にまとまっていて、言うことがなかったのを思い出す。素晴らしい成果だ。津籠は優秀だった。

けれど、質問を待たなくても会話をする機会には恵まれた。仕事終わりにペットボトルを捨てに行った時に、ゴミ箱の前で偶然津籠に会ったのだ。

「あ、おつかれさまです、美空木先輩！」

「おつかれさま。仕事には慣れてきた？　とかいって、まだ二日目だけど」

「はい！　みんないい人ばっかなので馴染みやすいです！」

業務連絡じゃない会話を一言交わすだけで、背筋が震えた。

「津籠くんが溶け込みやすいんだよ。もう昔からいるような気分になるもんね」

「そう言ってもらえると嬉しいです」

津籠の持っていたペットボトルが、からんと音を立ててゴミ箱に呑み込まれている。会話の正解が欲しい、と切実に思った。言葉の一言一言に致命的な失敗が紛れ込んでいる気がして恐ろしかった。会話は果てない地雷原で、一歩間違えばもう取り返しがつかないんじゃないかという恐怖感があった。

けれど、オフィスに戻ろうとする絆菜の後を、津籠はごく自然に着いてきた。歩幅が一定になり、心音がそれに紛れる。

「ここの会社なごやかですよね。俺こういう雰囲気好きだな」

「仲がいいのは確かだと思う。クッカーズ・ノックのアイデアとかも雑談で出し合ったりするし。話し合いやすい空気は作ってるかな」

「美空木先輩もすごく話しやすいです。先輩にこんなことを言っていいのか分からないですけど」

「そう言ってもらえると嬉しいよ」

言ったところでオフィスに着いた。分かたれる川のように、津籠との距離が離れる。一瞬、津籠と目が合う。慌てて逸らすと、ポケットにスマホが入っているのが見えた。スマホケースは、とあるサッカーチームのものらしい。ボールのマークで分かる。

「えー……それじゃあ、おつかれさまでした。明日もよろしくお願いします」

津籠が手を振る。絆菜も小さく手を振りながら、思う。

もし、何か話題が提供出来ていれば、恐らく津籠を引き留められた。絆菜に引き出しがあれば、数分が手に入れられたのだ。

その夜、絆菜は今まで一度も検索したことのない単語を検索した。『サッカー　知識すぐ分かる』だ。あまり精査していない雑なキーワードなのに、初心者が理解出来るようにコンパクトに纏《まと》められたページが沢山出てきた。この世には絆菜が思っているよりも沢山の人間が、すぐ分かるサッカーの知識を求めている。

試験勉強でもするかのように、ルールを頭に入れていく。ボールをゴールに入れればいい、という知識しかなかった絆菜には、オフサイドの概念がここ数年で追加された例外のように見えた。

興味深かったのは、ＹｏｕＴｕｂｅに投稿された動画が多く引っかかることだ。『三十分でＪリーグを解説する』や、『十分で今注目の選手を総ざらいする』という動画が大量にある。それどころか、『先週注目の試合を二十分にまとめました』という試合の名シーンだけを集めた動画もあった。

実際に観てみると、サッカーのことを何も知らない絆菜でも分かりやすく纏まっている。

この動画のことをしっかりと覚えるだけでも、かなり話せそうだ。ご丁寧に、サッカーのことをよく知らなくても『通《つう》』だと思われる為のポイントを解説したものもある。それも試聴して、自分なりに要点をノートに纏めていく。

それらの動画の再生数は、どれも十万を超えていた。二十分で纏めるシリーズは、五十万に届きそうなものもある。それだけの人間が、実際にサッカーの試合を観るのではなく、こうした動画で急いで知識を得ようとしているのだ。

これを観ている人間は、絆菜のように誰かと話す為の言葉を手に入れたくて必死なのだろうか。津籠がサッカーを愛してきた何年もの時間に明日追いつく為の十分を求めているのだろうか？

ファスト映画、というものがある。映画の詳細なあらすじと共に場面映像を繋ぎ合わせ、十分程度で映画を観たことに出来る動画のことだ。著作権の面で見てもアウトなその動画が摘発された時、絆菜は心の底から喜んだ。そんな動画を作る人間も、それで映画を観た気分になるような人間も嫌悪していた。

なら、ここにあるサッカーの動画は、絆菜にとっての福音は、一体何なのだろう？

今観ていた動画を改めて確認する。公式サイトから引用されたもの以外に画像はない。試合の説明も主に文字とフリー素材だ。大丈夫、と自分に言い聞かせる。けれど、この大丈夫がどういう意味なのかも自分では分からない。

それでも絆菜は、接点を作らなければ。津籠が自分のことを見てくれるように。ただの職場の先輩だと思われないように。今日得られなかった五分が、この動画で手に入る。

津籠と実際に話しているところを想像すると、意外なほどにすんなりと頭に入ってきた。注目の選手の名前と戦術を復唱し、それを津籠と話しているところを想像する。すると、絆菜は自分がずっと昔からサッカーを好きでいたかのような錯覚を覚えた。

同じ年次の先輩として乃澤がいる関係上、絆菜がつきっきりで津籠と接することは少ない。今日も津籠は順調に仕事をこなしており、簡単な指示しかすることがなかったのだ。

それでも、同じ職場にいる以上、雑談をするタイミングはどこかで出てくる。サーバーのコーヒーを注ぎに行く時に、津籠の方から話しかけられた。

「ここってお茶菓子も豊富に用意されてますよね。テンション上がりました。しかも無料だし」

ドリンクサーバーの横のお菓子を指差しながら、津籠が言う。掌《てのひら》にコーヒーの温もりを感じながら、絆菜は冷静に答えた。

「そうだね、確かに余所《よそ》だとお金入れるところがあって、そうやって取っていくんだもんね。オフィスグリコ？　だっけ」

「そうですそうです。俺のところはそうでした。小銭出す一手間が面倒であんまり利用しなかったんですけど、いいですねこれ」

「これね、実はクッカーズ・ノックで特集してほしい試供品が交じってるんだよね。だから無料だったりするの。その試供品をくれる企業さんがついでに他のお菓子もくれるんだわ」

「へー、お得な仕組み」

「ある意味でノック機能でもある。企業とのマッチング」

軽口を叩きながら、正解を探す。コーヒーに口を付けて間をもたせ、無邪気にお菓子を選んでいる津籠を見つめた。

彼がクランチチョコを取るのと同時に、絆菜はきり出す。

「そういえば、先週の『ミッドウェンディス』と『東洋《とうよう》クランプス』の試合とか観てた？」

「え？」

「サッカー好きって言ってたからチェックしてるんじゃないかと思って」

動画で勉強した、先週注目の試合を話題に出す。その両チームの注目の選手の名前も、ちゃんと履修済みだ。ここから万が一話が盛り上がらなくても、サッカーが好きな人間として印象は付けられるだろう。

すると、津籠が瞬《また》く間に目を輝かせた。

「え、もしかして美空木先輩ってサッカー好きなんですか？」

「兄が好きだったから、流れで観るようになったの。あんまり贔屓《ひいき》のチームはいないんだけど、試合があると観ちゃう」

齟齬《そご》が生まれないように、慎重に言葉を選ぶ。

「えーっ！　そうなんですか！　へえー……もっと早く知りたかったなー！　俺、ミッドウェンディスのファンなんですよ」

「あ、そうなんだ。じゃあもしかして、遠居《とおい》選手のこととか好き？」

「千人に一人の逸材ですよ。あの人が大事なところで外すの見たことないですもん。え、ヤバい。えー、職場に遠居の話出来る人いるなんて思わなかった」

くしゃりと津籠が表情を緩《ゆる》めた。いつも笑顔の津籠だが、本当に笑うときはこんな表情になるらしい。趣味を共有出来る相手に見せる、気を許した時の顔だ。

そこから、コーヒーが冷めるくらい雑談に興じた。動画の情報は本当に圧縮されていたようで、付け焼き刃の知識であってもちゃんと会話が続いた。

動画で得た知識の間を埋めるように、津籠が丁寧に話を進めてくれる。それがあまりに心地よくて、自分は本当にサッカーが好きなんじゃないかと錯覚してしまうほどだった。

「随分話し込んじゃいましたね。すいません。美空木先輩とサッカーの話出来るのが嬉しすぎて」

「いや、私の方こそ……今まで職場にこういう話出来る人いなかったから」

「美空木先輩、もしかしてスポーツバーとかも行ったりします？」

一瞬だけ、時が止まる。スポーツバーとは一体何だろうか？　恐らくはバーなんだろうが、それとスポーツがどう接続しているのか分からない。けれど、ここで戸惑っていたら今までの嘘が見抜かれてしまうかもしれない。

「前はよく行ってたよ」

身を投げるような気持ちで、絆菜は言う。それでいて、とても狡《ずる》い言葉だった。この言葉なら、最近のスポーツバーを知らないという体《てい》で逃げられるかもしれない。場所を尋ねられたらどうしよう。スポーツバーとはどこにあるのだろう？

緊張で身が硬くなる。けれど、津籠が言った言葉は意外なものだった。

「じゃあ、今度スポーツバー行きましょうよ。いい感じに盛り上がる試合の時に」

スポーツバーとは、その名の通りスポーツ観戦を目的にしたバーだった。店内に大きなモニターが設置されていて、それを観ながら客が思い思いに応援をするのだ。

今日訪れたスポーツバーでは、絆菜の全く知らないチーム同士がサッカーの試合を執り行っていた。フィールドが引きで映り、選手がアップで映り、その度にバーの客が歓声を上げた。動画のようなガイドがない状態で観る本物の試合は、異国の儀式のように見えた。

わあああ、とあちこちで歓声が起こるのが恐ろしく、なんだか身が竦《すく》んでしまう。この場所で津籠は普段から楽しんでいるのだと思うと、何だか信じられなかった。信じられないくらい遠い生き物に感じる。手にしたモヒートが、つんとミントの匂いで鼻を刺した。

「ねえ、大丈夫？」

向かいに立つ茜が、絆菜の手ごとモヒートのグラスを掴んだ。

「絆菜が行きたい店でいいって言ったのは私だけどさ、流石に心配になるわ。もしかして予約し忘れて適当な店行くことになった？　別に今からでも街出て彷徨《さまよ》ってもいいけど」

茜が穏やかに微笑む。艶のある黒髪を綺麗に編み上げている彼女は、こういった雰囲気の場所にも妙に似合っていた。白いカーディガンに黒のレザースカートという格好も相まってかもしれない。耳に光る真珠のイヤリングが、店内の照明を反射している。

「ううん、そうじゃない。飲むならここがよかった」

「そうなの？　それなら別にいいんだけど」

クラフトビールの瓶をぐいっと傾けながら、茜が笑う。背後でまた、歓声が上がった。

この場所には一人では来られなかった。茜がいてくれてよかった。

連絡を絶った時と同じ唐突さで、茜は急に会えないかと打診してきた。店も好きに決めていい、という彼女に、スポーツバーを提案すると、あっさりと承諾された。そうして今、二人はここにいる。

罰金を科せられたものの執行猶予のついた茜は、なんだか全部が赦《ゆる》されたような、晴れ晴れとした顔をしていた。依然として茜は件《くだん》の恋人と復縁してはいないし、接近禁止命令も出された。得られたものなんて一つもないし、マイナスだけが大きく残ったのに。

だが、おかしくなったはずの友人は相変わらず綺麗な箸捌《はしさば》きでロコモコ丼を解体していた。丼ものの具を一つ一つ皿に移し替えるのは、以前から変わらない茜の癖だ。

「こういうところでもがっつり食べるんだね」

「こういうスポーツバーの丼ものとかは美味しいんだよ。来るお客さんも体力があって、がっつり食べたがるから」

「スポーツバー詳しいの？」

「ううん。私じゃなくてりょーちゃんが詳しかった」

茜が事もなげに言う。

りょーちゃんとは、かつて茜が付き合っていた彼氏の名前だ。そして、茜がストーキングをしていた相手でもある。

「それにしても、絆菜がこんなところに興味持つなんてね。だって、絆菜はガチガチのインドア派じゃん。彼氏がサッカー好きだったりする？」

「……彼氏じゃないけど」

「なんでもかんでも恋愛沙汰の話にするなって言われるかと思ったけど、本当にそうなんだ」

茜が心底嬉しそうに言う。昔から恋愛の話が好きだとは思っていたけれど、人のそういう話も自分のことのように楽しんでしまえる茜のことが、絆菜はずっと不思議だった。

「どこの人？　職場？」

「職場。……中途採用で、後輩が出来て」

「サッカー好きなの？」

「そう。それで今勉強してて、スポーツバーがどんな場所か知りたくて」

口に出してみると、あまりに単純で恥ずかしくなった。共通の話題を見つける為に、動画で付け焼き刃の勉強までしてみせた。冷静に考えれば何をしてるのか分からない。

そんな気持ちを見透かしたかのように、茜がなおも続けた。

「いいじゃん。これでまた話すことが増えるね」

「冷静に考えたら、なんかこれってキモくないかな。気が合うからとかじゃなくて、気を合わせにいってるんだよ」

「話すきっかけが欲しくてその人の趣味とか履修するのはあると思うけど」

「……私はこんなのじゃなかった。今までだってちゃんとまともに恋愛出来てたはずなのに。というか、こんなにおかしくなることなんてなかったのに」

思わずそんな言葉が出たのは、目の前にいるのが茜だからだった。茜のことを、得体の知れない人間になってしまったと思っていた。けれど、こうして話している茜は絆菜の知っている大好きな親友だったし、そして何より、自分の延長線上にあるものだった。

りょーちゃんのことを諦められなくて、彼のもとへ参り続けた茜の気持ちが分かる。恐らく、このまま進んでいけば、同じようなことになる。

あけすけに彼女の事情を示唆しすぎただろうか、と思ったものの、茜は気分を害することもなく、真面目な顔で頷いていた。

「お腹がものすごく空いた時ってさ、何も食べたくない気がするでしょ。でも、それって本当はものすごく空腹で、飢えてるんだよ。だから、欠片でも胃の中に入れたら終わりなの」

「それって、今までの私が飢えてたって言ってるわけ？」

「飢えてたっていうか、食べたことない味だったんだろうな、とは思う」

茜が目玉焼きの黄身を潰し、ロコモコ丼のレタスに擦り付ける。薄暗い店内では、レタスの色がよく分からない。どろりとしたものが、レタスの葉から分泌されているように見える。

「それね、もう駄目なんだよ。一度そういうのに捕まったら、恐ろしいことになる。どんどん終わっていくしかないよ。摑まれるところなんてどこにもないんだ。地獄だからね」

茜が確信に満ちた声で言う。その様はまるで予言者だ。彼女の黒々とした目は、じっと絆菜のことを見ていた。

「だから、スポーツバーに行く程度は大丈夫。サッカー好きって言ったんだとしても、それはまだ可愛い嘘だよ」

「可愛い嘘っていうか……まあ、そうかもしれないけど。でも、これ以上は流石に悪くならないよ」

「悪くなるんだよ」

あくまで頑なに、茜が言う。

「私がそうだったわけで。あのね、私もこんなことになるような人間じゃなかったんだよ。もっと理性的だったし、最低限は弁《わきま》えてた。絆菜だって、私がこうなるとは思わなかったでしょ」

「……思わなかった、けど」

「誰も予想出来ない方向で悪くなるんだよ。……あーあ、はあ、あ、シュート決まった。……なんだろ、サッカーって何してるのかよく分かんないよね。ボールちっちゃいし、人間もちっちゃいし」

「人間はちっちゃく見えるだけで同じ大きさだけど」

「それよりさ、マシュフィールド監督の新作観た？　配信限定のやつ」

茜が目を輝かせた。そのまま、彼女が嬉しそうに話し始める。

「あんまり大絶賛したいわけじゃないんだけどさ、今回のはすっごかったよ！　いやーマシュフィの代表作これになるんじゃない？　特にさ、長回しの時のパノラマ撮影が思いきりよすぎて」

そういえば、茜も映画が好きだった。元はと言えば、それがきっかけで仲良くなったのだ。映画好きなところもそうだし、もっと言えば映画自体の趣味も合った。一つの映画について、いくらでも語り合った。ややあって、絆菜は言う。

「ごめん、まだ観てないや」

配信から、既に二週間が経とうとしていた。恋に狂い始めてからそれだけ過ぎた。映画はまだ観ていないのに、サッカーのまとめ動画だけは何十本も観終えていた。それこそ、何度もその映画を観られてしまうほどに。

『美空木先輩！！！あの遠居のシュート観ました⁉⁉⁉めちゃくちゃ興奮死たんですけど！！！やばい！！かっこよすぎ！！』

『あ、すいません（笑）興奮しすぎて、死んじゃった……（笑）』

茜の確信に満ちた予言は実現した。

あれから、ぽつぽつとプライベートでも連絡を取り合うようになった。話題は主にサッカーのことで、ミッドウェンディスが活躍する度に、津籠はメッセージを送ってきた。

絆菜もそれを期待して、ミッドウェンディスの試合は全て観るようになった。試合の感想を言い合っていると、それなりに会話が続く。

やり取りが多くなったものの、その一つ一つが重すぎる意味を持ち、絆菜のことを苛《さいな》んだ。サッカー以外のことにどれだけ踏み込んでいいのか分からず、ミッドフィルダーである遠居のことばかり深まっていく。津籠の血液型を知らないのに、遠居の好きな四字熟語を知ってしまった。好きな人がウィキペディアに載っていないのが悲しかった。

また、ミッドウェンディスの試合がない時にも悩んだ。他のチームの試合の時もコメントをしていいのだろうか？　それとも、ミッドウェンディスの時だけがいいのだろうか。どのくらいの間、プライベートで連絡をしなかったら、ただの先輩と後輩になってしまうのだろう？

連絡が途切れることが不安で、余計にサッカーの知識を仕入れるようになった。もっと話していて楽しいように、色々な方面から語れるようになりたかった。けれど、これだけ観ているのにもかかわらず、肝心のサッカーには全く興味が持てないのが困った。こんなにも時間を使っているのに、あくまでサッカーは、津籠に繋がる為の橋でしかなかった。

そうして、津籠に連絡する為の口実がなくなると、今度は占いに手を出した。答えが出ない問いかけをする際に、これほど適したものもなかった。

絆菜が選んだのは、ネット上で引けるタロットカードだった。占える項目はシンプルで、この恋が叶《かな》うかどうかだった。分かりやすくて大変よろしい。それ以上に知りたいことはない。

こんなことに時間を使っている場合じゃないのに、何度もシャッフルボタンを押してカードをめくってしまう。

いい結果が出れば、何度も引き直したから本物の結果じゃないと落ち込んでしまう。悪い結果が出れば、この結果で確定してしまうのが怖くて、またカードを引き直す。終わらない。

最初の一枚をちゃんと覚えていればよかったのに、もう思い出せない。自分の都合のいい夢を見ているのかもしれない、とすら思う。世界。愚者。吊された男。どれが自分が受け取って赦される結果なのかが分からない。

気づけば、一時間近くタロットを引き続けている自分がいて、思わずスマホを投げた。最後の結果を見なかったのは、そこからまたループが始まるからだ。なら、一つ前に引いた運命の輪のカードがいい。

何の意味もない時間だった。これでいい結果を引いたところで、津籠実郷と付き合えるわけでもないのに。

絆菜の頭を過ったのは、スキナー箱だった。動物がレバーを押すと、餌が出てくるようになる仕掛けが施された、あの箱だ。餌が出てきても出てこなくても、箱に入れられたマウスはレバーを押し続ける。こんなことを何日も繰り返していたら、自分の脳はおかしくなってしまうだろう。既におかしくなっているのかもしれない。

それでも、絆菜はやめられない。今の自分の立ち位置を確かめるかのように、一日一度はこの時間を過ごす。


カードの効果が出たとは思えないが、津籠が来てから三か月が経つ頃には、絆菜と津籠は随分話すようになっていた。津籠は会社に早く来るのが習慣づいており、早くに来ると二人の時間が作れるのだ。早起きは苦手な方だから、以前よりずっと早く寝るようになった。恐ろしいことに津籠が二十二時半に寝るというので、そこに合わせている。

「おはよう、津籠くん。今日も早いね」

「おはようございます。いや、この近くにある弁当屋で昼の分買ってるんですけど、人気だからこの時間に来ないと自由に選べないんですよ」

そう言って、津籠が手元のビニール袋を掲げてみせる。そうなんだ、と言ってから、何気なくきり出す。

「昼は買ってるみたいだけど、夜は？　毎日自炊とかするの？　料理趣味っていうから、あんまり苦にならないとか？」

本当に聞きたいのはこんなことじゃなかった。この質問を通して本当に尋ねたかったのは、津籠に恋人がいるかどうかだ。今一緒に暮らしている人間はいるのかが、この質問で測れるかもしれない。

直接聞けないのは、この男に恋人がいたら立ち直れないからだ。スキナー箱に放り込まれたネズミを殺す、最初で最後の雷撃だ。誰だって断頭台の刃を自分では落とせない。死ぬ時は偶発的に死にたい。空から落ちてくるもので、何の意識もせず。

「自炊ね——……こんなこと言うとクッカーズ・ノック的に駄目なのかもしれないですけど、この辺りって美味しい店大量にあるから、最近サボり気味ですね」

「あー、でもそうだね。角曲がったところにある定食屋さんとか本当に何でもあるし」

これは、どうだ？　津籠は誰かと食事に行っているのだろうか。けれど、サボり気味という単語が出る時点で、そんなことはないのかもしれない。誰かの為に食事を作ることも、誰かに食事を作られることもないのかもしれない。そう思うと、自分が浮かべている笑顔に芯が通る。

そんな絆菜の気持ちを知らずに、津籠はごく自然に言った。

「何でもありますよね！　本当にここ。スポーツ用品店とかジムとかもあるし」

「大きな本屋さんも映画館もあるしね」

「その二つは全然行かないからあんまり恩恵ないですけど、でもほんとにすごい」

さらりと津籠が言う。

「意外だ。映画とか観ないんだね」

「全然観ないです。その分スポーツ観戦とかはすごいしますけど。美空木先輩はよく観るんですか？」

「話題作くらいはチェックするけど」

一瞬、茜の顔が過った。あれから三か月も経ったのに、絆菜はマシュフィールド監督の映画をまだ観ていない。それどころか、映画自体一本も観ていない。それに気づいた瞬間ぞっとした。半年前に観たい映画はピックアップしていたのに。もう既に上映が終わっているだろう映画のことを思う。配信やＤＶＤで観ればいい、と言い訳のように思うけれど、果たして自分はちゃんとそれを観るだろうか？

そもそも、ちゃんと観る、という言葉が出た時点で、絆菜にとっての映画は何か違ったものに変化してしまっている。

「あー、そうなんですね。俺は映画館苦手だから全然そこがね、弱くて」

「私も映画館は苦手だから、大体は配信だったりするけど」

罪深いことをしている。三か月行っていなかった映画館を踏み台にして、共感に変えている。ここまでしなければいけない理由なんてあるのだろうか、と思う。

果たして、津籠は嬉しそうに言った。

「そうなんですか？　俺と同じだ。なんか、俺達似てますね。ずっと前から、美空木先輩とは気が合うと思ってたんですけど、ここまで似てるとは。運命かも」

ここまでしなければいけない理由がそこにあった。

絆菜は映画を観るのが好きだ。小説を読むのが好きだ。スポーツの楽しみ方が分からない。やるのだって好きじゃない。サッカーなんか一番苦手だった。ボールがどこにあるのかがよく分からないからだ。

それでも、全てを覆い隠してチューニングすれば、求める言葉が手に入るのだ。もしかすると、津籠実郷とは全然気が合わないのかもしれない。ここから先の関係に進めたところで、自分は一生サッカーの結果を追うことになるのだろうか？　三か月向き合っても、どうしたって楽しめないサッカーの結果を？　気が遠くなりそうだ。これから先の人生はあまりに長すぎる。

一方で、この三か月で更に深みに嵌《は》まり込んでしまった自覚もあった。

津籠は他者への気配りを忘れない人間だった。他人のミスをさりげなく引き受ける姿を見た。誰にでも丁寧に挨拶をするのが好きだ。取引先と話をする時、芯から楽しんでいるのが分かるのが好きだ。飲み物のおまけに付いてきた小さなキーホルダーを、妹の為にそっと集めているのが好きだ。爪がいつでも綺麗にやすられているのが好きだ。他人の話を聞く時に、ちゃんと目を見るところが好きだ。

一緒に昼食を摂った時、想像よりよく食べたところも好きだ。いただきます、と言う時に、何故か背が丸くなるのが好きだ。財布の中が綺麗に整理されているところが、ＬＩＮ

Eをする時に、句読点を入れるところが、本当に興奮している時はその句読点が取り払われるところが、絆菜が星座占いで最下位の日には決まって一つお菓子をくれるところが、その声が、その佇まいが好きだった。

趣味の不一致が断絶に繋がらない。一緒に映画館には行けないかもしれないけれど、サッカー観戦にはきっと行けるだろう。それで満たされてしまうのなら、それでいいんじゃないだろうか。並んで歩くだけで幸せだと思えてしまうのは不健康だろうか？　不純ですらあるのだろうか？　それでも、絆菜は自分で手繰り寄せたこの運命を譲れない。その為に創り上げた美空木絆菜なら、相応のものを返して頂かなければ。

「あ、そろそろ始業ですね。それじゃあまた、ＬＩＮＥします」

「うん、じゃあまた」

言われて、今日はミッドウェンディスの試合があることを思い出す。

今日もきっと、津籠はＬＩＮＥをくれるだろう。同じようにサッカーが好きな、運命的な美空木絆菜に。

ぼんやりとパソコンに向かっていると、上司から一つ企画が通ったとの連絡を受けた。絆菜が前々から提案していた、食べ物の出てくる小説を特集して、作中に出てきた料理の再現レシピを載せるという企画だ。

「出来れば近刊でいいものがあったら紹介したいんだけど。出版社もなるべく絶版になってない、今売れるものを紹介してほしいって言ってるし。最近面白かったものとかある？」

　上司が期待に満ちた目で絆菜のことを見ている。

　そこで気づいた。絆菜はもうしばらく本を読んでいなかった。こんなことになる前は、週に二冊は読んでいた。通勤電車の中で本を開くのが楽しみだったけれど、最近は早起きが辛くて寝てしまっているか、そうでなければサッカーの動画を観て、津籠とのやりとりのスクショを見返していた。

「最近は……面白いものは何冊かあったんですけど、食べ物の描写が印象的だったものが浮かばなくて……」

「ああ、そういう意識で探してないと見つかんないよね。というか、美空木さんが前に教えてくれた面白い小説とか、ゴリゴリのサスペンスだったもんね。ほら、北欧の……あれってもう食うや食わずって感じだったもんなぁ、食べ物の描写とか、ねえ」

　その言葉に笑って頷き、この場を乗りきる。特集で取り上げる本については、過去につけていた読書ノートを参照して、何冊か見繕うことになった。出来れば近刊も、という上司の念押しに曖昧に頷く。今の自分に、小説を読んでそこから選書するという作業が出来るのだろうか。

　家に帰り、しばらく更新されていない本棚をざっと見回す。この企画を提出した時は、どの本を推薦しようと思っていたのだろうか。クッカーズ・ノックのユーザーなら、この描写が好きだろうと胸をときめかせたはずなのに。

仕方なく、読書ノートを開く。罫線組みのシンプルなノートには、タイトルと共に手書きの感想がびっしりと書き込まれていた。最後に記録されているのは四か月近く前に刊行されたミステリで、ご丁寧に作中に出てくる屋敷の見取り図までが書き写されている。

まるで他人が書いたもののようだった。このノートをつけていた他人は、もう死んでいる。ずっと続けてきた習慣だったのに、不自然に途切れてしまっているからだ。思わず、このノートを焼き捨ててしまいたくなった。ただ恋をしただけなのに、ずっと続けてきたことまで放り出してしまったことを見せつけられているみたいだったからだ。

恋愛で身を持ち崩す人間たちのことを知っている。どう考えても悪手でしかないのに、不倫に走る人間たち。思い詰めすぎた恋の果てに、刃傷《にんじょう》沙汰になる人々。恋を捨てられずに心中することになった恋人たち。そして、ストーカーとして逮捕されてしまった親友。

部屋を見回すと、ここには驚くほど沢山の本があった。映画のＤＶＤも、お気に入りの映画ポスターもある。この部屋に住んでいながら、それらを楽しまなかったことが信じられない。息が浅くなる。この部屋の主は誰だ？

部屋の中央で呆然としていると、津籠からのＬＩＮＥが届いた音がした。ミッドウェンディスの試合が始まったのだろう。なら、絆菜はテレビを点けなければ。

企画記事には、読書ノートに記録していた本の中から見繕った。過去の絆菜は詳細に感想を記載してくれていたので、選ぶのは難しくなかった。

近刊を選ぶことは出来なかった。久しぶりに買った小説は、三分の一で読めなくなった。

そうして、決定的なことが起こった。


「俺、すっごい登山行くんですよ。登山」

いつものように始業前の雑談を楽しんでいると、津籠がとっておきの秘密を打ち明ける時のような顔で、そう言ってきた。

実際に、彼の中ではかなりプライベートなところにある情報なのだろう。誰にでも教えるわけではない、少しだけ日陰に置いているもの。そのあまりの健全さに震えがきた。この程度でそんな声が出せるのなら、ある意味詐欺師だ。

そして、絆菜もそうだった。完璧な詐欺師だ。このタイミングでその話題を出すのなら、続く流れは――絆菜が求める流れは、一つしかない。絆菜はわざと大きく目を見開き、同志を見つけた時のように声を弾ませる。

「え！　もっと早く知りたかった！」

それでも、その先は絶対に自分からは言わない。ややあって、津籠が言った。

「もしかしてって思ったんですけど……美空木先輩も山登り好きだったりします？」

躊躇《ためら》いはあった。でも、もう止められなかった。

「実はそうなんだ。気が合うからそうじゃないかと思ってた。私も登山大好きで、昔よく登ってた」

どうしてこんなに滑らかに舌が回るのだろう。嘘を吐《つ》いている今が、一番綺麗な笑顔を浮かべられている自信があった。

「やっぱりか。美空木先輩はそうじゃないかと思ってた」

「どうして分かったの？」

「似てるから。多分、好きなものは被るんだろうなって」

得意げに津籠が言う。その様は、まるで全てを見透かす名探偵だ。その実、絆菜の本当のことは、欠片も見抜けていないのが哀しかった。

一線を踏み越えた、と絆菜は思う。これは多分、サッカー観戦や食べ物の好みとはわけが違う。それに、罪悪感は今までに比べて殆どなかった。何故なら、この先に進む為には明確な代償があるからだ。

この嘘は、絆菜の人生を更に深く要求してくるだろう。

上等だ。食われる覚悟で食らいつきたかった。だって、ここで諦めたら、自分の部屋で感じたあの空虚さを、空が落ちてくるような不安をどうしていいのか分からない。美空木絆は変わってしまった。なら、変わり続けるしかないのだ。

今ここにいる美空木絆菜は登山が好きで、サッカーが好きで、映画館が苦手な人間だ。

それを選んだ。

嘘を嘘じゃなくする為に、絆菜は登山用品店に向かう。

登山に必要なものは思いの外沢山あった。何しろ、絆菜はそれを一から揃えなければならないのだ。リュックに始まり、登山用の靴から全身の服一式、レインウェアやヘッドライト、水筒も登山用のものを用意した。

その他にも、十徳ナイフやコンパスやツェルトなる不思議な布などの、自分のような初心者に必要なのかが分からないものも買った。何しろ、自分は初心者じゃなく、山が好きな人間だ。登山は昔やっていた。昔がいつかを設定しなかったのは、唯一褒められる場所だろう。

そうして、店員には先の台詞《せりふ》を言われた。――それなりに高いシューズであれば、生存率が上がるんです。いざと言う時に、それが分かれ目になることがあるんです。

生存率という言葉が当たり前に出てくることに戦《おのの》いていると、店員は暢気な声で言った。

「でも、山って楽しいですよ。気心の知れた仲間と登るとほんとに最高です、山」

「そうなんですか……」

「やっぱり絆も深まりますしね。誰かと登る山は共同作業みたいなものですから」

本当ですか、と食い気味に尋ねてやりたかった。この行為には相応の見返りがあるのか、それを誰かに保証してほしかった。だって、絆菜は恐ろしい。当たり前のように生存率という言葉が紛れ込んでくることも、山に登るという行為の途方のなさも。

サッカーの時と同じように、登山についての知識もネットで集めた。けれど、それらの情報には決まって生死が絡んでいた。勿論、そういう事故を殊更《ことさら》に強調していたわけじゃない。ただ、絶対に忘れてはいけない前提として、死の存在を共有していた。絆菜が今まで観てきた映画や、読んできた小説の中の山もそうだった。人に死をもたらすような大がかりな舞台。フィクションに出てくるような山は、往々にして恐ろしいのだ。本当に！

「誰かと登られるんですか？　いや、一人でも楽しいのが山なんですけどね。一人で登るアニメ？　だか漫画だかが流行って、そういうお客さんも増えてて」

嬉しそうに店員が語る。きっとこの人は登山が心から好きで、一人でも多くの人間が登山を始めると嬉しいのだ。反面、握らされたツェルトを見ながら、絆菜の心は恐怖に荒れていた。さっき聞いた、生存率という言葉が鼓膜に反響する。

それでも絆菜は、薦められたものを全て買い込んで帰った。知ったことか、と絆菜は思う。自分は絶対に津籠実郷と山に登るのだ。そして、特別な先輩に、誰より彼と気の合う人間になってみせなければ——本物の運命にならなければいけなかった。

幸いなことに、登山の趣味を共有してからは、連絡が飛躍的に増えた。サッカーの話題は依然として広げられたし、今度はそこに新たに登山という切り口が出来たのだから当然だった。相変わらず、メッセージが来ると幸せだった。痺れるような感覚を指先から覚える。やりとりが飽和するようになっても、スクショの保存は止めなかった。もう見返すことは殆どない。けれど、積み重なるバイト数が、自分と津籠の間を埋めてくれると信じ続けた。

『どうして津籠くんは登山が好きなの？』

『え、理由ですか？』

『そう、理由』

『えー、待ってくださいよ。真面目に答えるので。』

津籠からの返信が一旦途絶える。たっぷり三十分ほど経った後、丁寧に打たれたのだろう言葉が返ってきた。

『大人になると、達成出来ることって少なくなるじゃないですか。仕事で成果を上げるとかは確かにあるんですけど、それは俺だけの成果じゃないし。でも、山はちょっとずつ出来ることが増えていって、達成出来るゴールが増えていくんですよ。自分で目標を立てて、それを達成する。それが繰り返せるのが登山なんです。』

『歩いたら頂上に着けるっていうのも好きですね。一人で登ると自分のペースを崩さなくて済みますから、もう自分が頑張ればそれでいい、それで済む、みたいな。それでいて、誰かと登る山もすごく楽しいし。山に登ることは、自分が自分でいられる時間を作ることなんです！』

『美空木先輩も、そう思いませんか？』

最後の疑問符には、祈りのようなものが込められている。理解してほしい、と思ってくれているのだろう。彼にとっての美空木絆菜は、ようやく会えた気の合う運命の相手だ。だから、こんなにも真面目な長文を送る。心のうちを晒してきてくれる。

何故か涙が出てきそうになった。この言葉に心から同意出来る人間だったら、どれだけよかっただろう。本音でそれに同意出来る運命の相手が、この世界には必ずいるはずだ。

でも、引き合わせない。創り上げた美空木絆菜で、全部奪い去ってやる。

『分かる気がする』

『え、やっぱり？』

『分かるよ、すごく』

また、間があった。けれど、不安にはならなかった。津籠は気分を害したわけじゃない。むしろ、その逆だ。ややあって、津籠からメッセージが返ってくる。

『今度、美空木先輩の都合がいい時に、一緒に登りませんか？　おすすめのとこ連れて行きますから！』

そのメッセージが送られてきた瞬間に、絆菜は高尾山《たかおさん》に登るツアーに申し込んだ。初心者でも登れる山を探した結果だ。

そうして、絆菜は初めての登山で洗礼を受けた。

初心者用の山だと書かれていたのに、絆菜にとって高尾山は苦しかった。坂を登るだけで息が切れて、手が震えた。登り始めてから三十分も経つ頃には、登り始めたことを後悔していた。山は歩幅を狭くして、遠くを見ながら登ること。動画で覚えたアドバイスを思い返しても、欠片も役立たない。思えば絆菜は昔から運動が苦手だった。この会社に入ってから、まともに動いたこともない。そんな人間がアドバイスを実行出来るはずがない。

登山靴を履いている足は重く、景色を楽しんでいる余裕すらなかった。よしんば景色に目を向けたところで、そこにあるのは緑が広がるただの山があるだけだった。山に登ったところで空は近くなっている気がせず、通勤の時に見ている青だけがそこにあった。これで感動出来なければ、登山の楽しみなんかないのではないだろうか？　山は絆菜を苦しめる障害でしかなかった。

そうして、ツアーガイドから励まされ、集団から遅れ続けた末に、絆菜はようやく下山することが出来た。一言も声が出ないまま、ツアーガイドを見上げる。彼女は年配にもかかわらず、全く息が切れていない。体力の面で比較すれば、絆菜なんか絶対に敵《かな》わないだろう。

「体力がなさすぎるんだよ。ちゃんとトレーニングしな。普通に、山って死ぬからね？」

ツアーガイドに言われたのは、またしても死についての言葉だった。

「これからも山、登っていくんだろうから。ドラマかなんかに影響されたんだろうけど、そんなキラキラしてるだけじゃないから。最低限度は身体の方も作らないと。ねえ」

「…………はい、すいません」

「謝られてもね。山登りって、結局自分と山の話だから。あたしがとやかく言うことじゃないんだけど。個人の話だから」

その言葉を聞いて、ぐわりと視界が揺れる。何が分かるんだよ。ここに自分なんてどこにもない。ここにいるのは私じゃない。美空木絆菜は山なんかに登らない。

けれど、「ありがとうございます」と、絆菜は言う。絆菜は、変わらなければならない。ジムに通い始めることにした。登山の為の体力を付けなければならなかったからだ。会社から帰り、荷物を置いてジムに向かう。ひたすらにランニングマシンに乗り、荷物の重さに耐えられるようウェイトトレーニングも行った。重りを持ち上げる時に息を止めてはいけないことすら、絆菜は知らなかった。

走っている最中に考えるのも、津籠実郷のことだった。こうして走っている先に、幸せな結末が待っていると信じられなければ終わってしまう。余暇の時間を全て使って、ひたすら肉体改造に励んだ。津籠とは来月末に山に登ることになっていた。それまでにある程度の体力をつけなければ間に合わない。幸いなことに、目標を立ててメニューを組むと、走っていられる時間が延びていった。筋トレの方はもっとめざましかった。出来ることが増えることの喜びは、山での景色よりもずっと心に響いた。

小目標と大目標を一緒に立てることが重要です、というのがトレーナーの言《げん》だった。小目標は三十分以上走っていられること。なら、大目標は山に軽々と登れることになることだろうか。

そうじゃない。自分が求めているのは津籠実郷だ。彼に好かれたくてここまで来た。登山で最も重要なのはルート選択です、と勿体《もったい》ぶって語る動画を観た。この道は本当に、津籠に繋がっているんだろうか。けれど、こうしなければ生まれなかっただろう繋がりを思うと、他の道が想像すら出来ない。

高地トレーニングスタジオがいいですよ、と津籠に勧められ、遠くにあるスタジオまでわざわざ行った。自分はどう考えてもこのトレーニングを受ける段階ではないと思った。

そうして、その帰り道に、絆菜は茜と出くわした。

スタジオを出ると雨が降っており、慌ててコンビニに寄ってビニール傘を買った。最近は朝のニュースを見ることすら億劫になり、天気予報すら確認していなかったのだ。サッカーに加えて登山が増えたことは、予想以上に絆菜の負担になっていた。

ビニール傘を差しながら、駅に向かう。

その駅の近くに、茜はいた。

「天気予報、見てなかったの？」

雨を全身に受けながら佇む茜に対し、まずはそう尋ねてしまった。茜は口の端を吊り上げると「そっちこそ」と言った。

なんでここにいるの、とは尋ねなかった。だって、茜が傘すら持たずにここにいる理由なんか決まっている。誰を待ち伏せているのかも。

「接近禁止なんでしょ。まずいよ」

「……分かってるよ。それ受けたの、絆菜じゃなくて私だし」

明らかにおかしい、非合理な行動。茜らしからぬ行動。人に迷惑を掛ける、愚かで恐ろしい行為。会ったところでいいことは起こらない。それだけ濡れていたら、きっと部屋にも上げてもらえない。ルート選択を間違えている。もう茜が元彼と繫がれる方法はない。

「茜、一緒にこの駅を離れよう。逃げるんだよ」

「絆菜だって分かってるじゃん。もうどうしようもないんだよ。落ちるところまで落ちるしかない。だって、無理だったんだから」

「茜はそんな人間じゃなかったでしょ」

「絆菜もそんな人間じゃなかった」

茜が見据えているのは、絆菜が持っているトレーニングウェアだった。ずっとインドア派だった絆菜が、およそ縁遠かったものだ。

「それだけじゃない。絆菜、めちゃくちゃ顔色悪いよ。疲れてるんじゃないの？　元から痩せてたのに、更に痩せたよね。明らかに無理してるじゃん。おかしくなってる」

「そうかもしれない」

わざとぼかしてみたけれど、おかしくなっていることには自覚的だった。最近の絆菜はずっと疲れている。眠っても夢を見なくなったし、目が醒めると気分が悪くててえずいてしまう。心だって、恐らく環境の変化に追いついていない。健康で文化的な最低限度の生活が出来ていない。端《はた》から見れば、これほどまでにひたむきに充実しているのに。

「だから、私が倒れないように見ててよ。さっき、変なトレーニング受けてきたんだ。めちゃくちゃキツいの。茜が、家まで送ってよ」

びしょ濡れの茜を、絆菜は家に上げられる。美空木絆菜は、茜が本当にほしいものじゃない。それでも、彼女のことを温めることは出来る。

茜は雨音に紛れそうなほど小さな声で「うん」と言った。ビニール傘を畳んで、二人で駅舎に入る。地獄にしては、ここはとても明るい。


そして今、絆菜は最愛の片思い相手と山に登っている。

津籠が選んだ筑波山《つくばさん》も、高尾山と同じく初心者向けの山らしい。けれど、絆菜にとっては筑波山は遙かに苦しい山だった。津籠は、久しぶりの登山であるという絆菜に配慮してこの山を選んでくれたようなのだが、それでも苦しかった。付けたはずの体力が全然意味を成していない。

「美空木先輩、大丈夫ですか？　なんか調子悪そうな気がして」

「ううん、全然そんなことないよ。緊張してよく眠れなかったからかも」

「え、それはまずくないですか？　本当に無理なら言ってください」

「そう言って置いてくつもりじゃない？」

「美空木先輩の中の俺、どれだけ最悪なんですか！」

津籠がこちらを心配してくれている。今、津籠が自分を見てくれていることが分かる。最も理想的な状態だ。この山には、ある意味で自分達しかいない。

ただ、その目に映っている自分が何なのかが分からなくなる。登山が好きで、サッカー観戦が好きで、戦術についてもそれなりに語れる美空木絆菜。お前は一体誰なんだよ。

一〇〇パーセント気の合う運命の相手なんか、多分存在しない。遍《あまね》く恋人達は、ある程度の折り合いをつけて交際をするんだそうだ。多すぎる判断基準の中で、食べ物の趣味さえ一致していればどうにかなるという考え方で作られたのがクッカーズ・ノックだ。

ところで、絆菜と津籠の食べ物の趣味は、恐らく一致していない。絆菜は津籠の好きな天ぷらが好きじゃないし、絆菜の好きな辛い食べ物を津籠は受け付けない。自分が関わっているサービスの理念すら踏み越えていく不一致に、むしろ笑えてくるほどだった。

ここに至るまでに絆菜は色々なものを捨ててしまった。本物の趣味も、過ごしたかった時間も、観たかった映画も観ないまま、ジムに通って筑波山に辿り着いた美空木絆菜だ。

自分というものが全部抜き取られて、恋に埋められてしまった。

「美空木先輩、ほんとに大丈夫ですか？」

「大丈夫、久しぶりだからなんか勝手が分からなくて」

分からないのはこの状況もだ。きっと、この程度の山にツェルトなんか要らない。

愛されたかった。いや、愛されたいのだ。今もすごく。

ここまでしたんだ。告白してほしい。美空木絆菜は、津籠実郷にとって完璧な相手であるはずだ。好きになってほしい。

——私が捨ててきたものの分だけ、津籠から返してほしい。

そう思うと、虚しさと馬鹿馬鹿しさで涙が出そうだった。捨てることで愛されようとすることの浅ましさに気を取られて、自分が得たものの価値すら見出せない。景色は今日もどこかで見たような凡庸な山の景観だった。ここに津籠実郷がいること以外、絆菜はこの山を愛せる理由がない。

津籠がこちらに手を伸ばしたのは、その時だった。

「流石に顔色が悪いですよ。よかったらこれ」

どうやら手を引いてアシストしてくれるつもりらしい。手を繋ぐ、というおよそ理想的なシチュエーションが、必要充分なものとしてもたらされる。

恐る恐る、絆菜はその手を取った。その瞬間、胸から激痛が走った。

全治一か月。肋骨の疲労骨折というのが、医者の下した判断だった。

「運動めちゃくちゃする人？　それとも全然しない人？　どっちにしろ、負担掛けすぎ。ここ一か月くらい無理しすぎたね」

ひくりと喉が鳴ったのは、笑いたくても笑えなかったからだ。肋骨が折れているのに、そうそう笑えない。同じようにそうそう泣けない。

「でも、結構やっちゃう人いるのよ。山登り始めて楽しくなっちゃって、やりすぎちゃうの。あなたもそう？」

「……そうかもしれませんね」

人生で山に登ったのはこれで二度目だ、とは言えなかった。

結局、筑波山からは緊急下山することになった。幸いながら、自分で歩けないこともなかったうえに、頂上までは辿り着いていないのが幸運だった。津籠は終始心配そうにこちらを見つめてくれていた。

その目を買う為に、自分はここに来たのだと思うほどだった。

そうして思う。自分はいつか、この恋に身を食い尽くされるだろう。

本が読めなくなった。映画を観られなくなった。余暇の時間は、全部オーダーメイドの美空木絆菜を作る為に使われている。その果てに待つものがハッピーエンドとは思えなかった。だって、これはどう考えても絆菜の知っている絆菜じゃない。最低限度の譲れないものすら譲って、自分を全て擲《なげう》って、それでも、未だに絆菜は津籠実郷のことが好きだった。この痛みを、代償と考えられる程度には。

茜が通い詰めた扉が、絆菜の前にもある。絆菜は、運命になりたい。

ところで、この話には後日談がある。

骨を折りながらも出社を果たすと、他部署の子が絆菜に接触してきたのだ。コルセットを巻いた絆菜を見ながら、彼女がおずおずと話しかける。

「あのー、美空木さんにお願いがあって」

「お願い？　どうしたの？」

「あのね。実はウチがやってるコラムマガジンの特集で、美空木さんを取材したくて。美空木さん、登山が趣味なんだよね？　ごめん、実は津籠くんに聞いたんだけど。もしかしてこれって秘密にしてた？」

「ああ、うん……それは別にいいんだけど」

津籠が自分に登山の話をした時の、とっておきの秘密を語る時のような顔を思い出す。なら、もう少しだけ勿体ぶっておくべきだったのかもしれない。でも、これは絆菜の本当の趣味じゃない。知られたところでどうという話でもないのだ。

「特集の内容が『誰かに縛られることなく自由に楽しむ趣味』なんだ。美空木さんは、自分の為に時間を使うのがすごく上手いって聞いたから」

嘘だよ、と心の中で思う。誰かに縛られることのない趣味なんかじゃない。これはたった一人に向けた趣味だ。絆菜の抱える最愛の秘密だった。

それでも絆菜は、笑顔でインタビューを承諾する。わあ、と目の前の女の子が、笑顔を見せた。

「よかった、嬉しい。それにしても、登山が趣味のカップルっていいね。それは自然に引かれ合うっていうか」

「運命だ、って津籠くんは言ってたけど」

「運命だと思うよ。二人、すごく似合ってるもん」

彼女が大きく頷きながら言う。

遠くで付き合い始めたばかりの恋人が——津籠がこちらを見ている。心配しているようなな、それでも誇らしげなような、どちらともつかない顔だ。

大丈夫だよ、と絆菜は思う。ノック機能を使ったとしても、きっと自分達はマッチングされるだろう。絆菜には、そうするだけの覚悟がある。

ささやかだけど、役に立つけど

初めて放送部の部室で鹿衣鳴花《かごろもめいか》と出会った時に、自分はいつか彼女と付き合うんじゃないかと思った。

鳴花は、言ってしまえば普通の女子高生だった。なんというか、どこにでもいそうなタイプだ。人混みに紛れられたら見分けられる自信がない。

何のこだわりもなく染められた茶髪には『とりあえずやっておきました』感があったし、スカート丈も全国の女子高生の平均値に従って、とりあえず詰めておきましたと言わんばかりだった。そういう求められる量産型になれるだけの器量のよさはあった。

それでいて、校内放送を改革したいというのを理由に、放送室に乗り込んでくる胆力があることも気に入った。見た目は平凡だけれど肝が据わっている。意思の強そうな目が特に好きだった。夕焼けを一身に浴びて、なおも譲らない面倒臭そうな女。

「ここ、放送部だけど」

先に口を開いたのは新太《あらた》の方だった。冷たい声だ。いきなり入ってきた鳴花に対し、明らかに嫌そうな顔をしていたのを覚えている。

鳴花が入ってくる少し前に、知らない女子に告白されたのが尾を引いていたのだろう。

自分か俺目当てでこんなところまで来たと疑ったのだ。

けれど、鳴花はきょとんとした顔で「やっぱり?」と返した。

「なんか、放送部の活動場所を確認したらここって書いてあったから」

「そうして確認したんだったら『やっぱり』って返答もおかしいだろ」

「あ、確かに……その通り? なんだろう……」

そう言って、真面目に悩み始めるのも何だか面白かった。どこかズレているからこそ、自分達と波長が合うんじゃないかとも思った。新太に対しても俺に対しても、あまり興味がなさそうだった。代わりに、鳴花は部室にひしめくCDの方に目を向けている。

「さっきからこの部屋ではお洒落《しやれ》な音楽ばっかり流れてるけど、沢山聴いてたら磨かれる感じなの? センスとか」

「センスはどうか分からないけど、知ってれば掛けられるものが多くなるっていうのはあるよな」

俺が率先して会話を始めたので、新太の方が批難がましい目を向けた。その瞳には微かに驚きも滲《にじ》んでいる。普段の俺なら知らない相手にフレンドリーに話しかけたりしないからだろう。

ここで話を広げたら、いよいよ知らない人間を放送部に引き入れることになってしまう。それが新太は嫌だったのだ。平素の人好きのよさとは反する、放送部における排他性が、廃部寸前でも逃げきろうとしている二人きりの空間を保ってくれていた。

きっと、それを破る時が来たのだし、破ってくれるなら目の前にいる鳴花がいい、と思った。俺はますます目を輝かせて、鳴花のことを迎え入れた。

それを後悔する日が来るなんて、あの時は思わなかった。


鳴花が三人でいることを選択し、俺を脅迫することで関係の寿命を引き延ばしてから三か月が経った。

俺達の関係は呆れるほど何も変わらなかった。そもそも、社会人の三か月は短いものだ。会う努力をしなければ、数回すら会えない時間感覚だ。

強いて言うなら、鳴花と俺が三人でいることに必死になったお陰で、集合の回数が増えたことだろうか。教師をしている新太のスケジュールが一番押さえにくいので、まずは新太に合わせる。

鳴花は「気が乗らない」と言って欠席するようなことがなくなり、俺は依頼を死ぬ気でこなすことで欠席を防ぐようになった。

鳴花は俺の変化を素直に喜び、〆切間際でも現れる俺を満面の笑みで迎えた。学生時代からあんまり変わらないボブヘアーが、笑うのに合わせて綺麗に揺れた。

「やっぱり園生《そのお》がいないと駄目だよね。すごく嬉しい」

こっちを脅して来させている癖に、そのことを忘れたかのような顔で鳴花が笑う。それを見ると、単純な俺は普通に嬉しくなってしまうから救えない。

それを思うと、必死で仕事をやる気にもなってしまう。新太の為だけじゃなく、鳴花の為にも。

作曲の仕事は防音が整っている部屋で行うのだが、悲しいことにその部屋にはエアコンが付いていない。だから、夏場は夜しかまともに作業が出来ず、必然的に昼夜逆転の生活になってしまう。

時計を見ると、時刻は午前五時を指していた。そろそろ作業をきり上げて眠る準備をしなければいけない時間になってきた。締めきったカーテンの向こうは既に明るくなり始めている。

作業ファイルを保存しながら、引っ越しについて考えた。

エアコン付きの防音室がある部屋なんて、ここを借りた時の収入ではとても手が出なかった。今は収入が上がって多少生活に余裕が出たので、そういう物件に引っ越すことも出来るだろう。だが、今度はスケジュールに余裕がない。部屋を探すのも一苦労だ。

音楽関係の知り合いにどこか紹介してもらおうか、と考えているうちに、どうしてここを選んだのだろうとぼんやり思い返す。すると、解答欄に鳴花の姿が浮かんだ。

ここは、鳴花が働いていた文房具会社の近くなのだ。会社帰りに鳴花が来やすいという理由で、新太と鳴花と一緒に選んだ場所だった。自分の判断基準に家賃や間取りと共に、鳴花の近くというのがあったのだ。遠い昔の話で、その大事な支柱を忘れてしまっていた。

鳴花はよく転職する。ついこの間も、ふらっと保険会社を辞めてデザイン事務所に就職した。鳴花は自分の判断によって居場所を変えることに怯えがない。なので、本当に何かのきっかけで辞める。

流石にそれに合わせて引っ越し続けることは出来ないから、俺は遠くの保険会社まで鳴花を迎えに行くことになった。新太と待ち合わせをして、傘を届けに行ったことが何度もある。

新太と一緒に雨の中を歩き、コンコンと俺のいる運転席の窓を叩く鳴花は、いつでもふにゃりと幸せそうな顔をしていた。

普段の鳴花は楽しいんだか楽しくないんだか分からない凪いだ顔が多いので、車の中に俺の姿を見つけた時は、多分この上なく幸せなんだろうと思った。これが私の幸せだ、と宣言されているみたいなのが悪くなかった。しかも、鳴花の幸せの中には俺が組み込まれている。

この表情をずっと見ていたい、と思った。何一つ執着しない鳴花の、たった一つの手放せない要素になりたかった。

傲慢で愚かしいことに、俺は鳴花に告白されたら付き合ってもいい、とまで考えていた。

一緒にどれだけ過ごしても、同じ部屋で眠っても鳴花のことをそういう対象として考えたことはないのに。

うっかり知り合いにバレようものなら「それでヤんないのはよっぽどだろ」と言われかねない状況だろうと、俺と鳴花の間に間違いが起こったことはなかった。周りの人間が「やっぱりな」と笑うようなことは、何一つ。

でも、鳴花が自分達の中で唯一の女であることを忘れたことはなかったし、彼女がこの関係性の中で居心地よくあれるよう配慮だけは怠らなかった。そういう空気にならないよう気を張っていたし、あまりに鳴花が無防備であることにも、出来る限り目を背けていた。ただ、鳴花がこの関係を進展させることを望むなら拒まない。自分は鳴花を抱けるだろうし、恋人として大切にすることも出来るだろう。拒んで鳴花が自分達の前からいなくなるよりはマシだった。

いつかはこの均衡も終わるかもしれない。自分達の誰かが他のところで別の形の愛を見つけるのかもしれない。だとしても、可能な限りこの時間を引き延ばしたかった。この心地のよい世界の中で生きていたい。

まさか自分の心が裏切るだなんて思わなかった。しかも、ずっと思い描いていたものではない形で。

そんなことを考えていると、スマホからポンと間抜けな通知音が鳴った。新太からのメッセージだ。

『週末の飲み会、なんか食べたいもんある？　予約しとく』

部活の朝練がある日の新太は、引くほど朝が早い。だから、昼夜逆転で朝方はまだ起きている俺と奇跡的に嚙み合う。午前六時は自然とやり取りが続くのだ。

俺からすればブラック極まりない活動なのに、喜んでバスケに勤しむ生徒達を見に行く。一度、新太に誘われてバスケ部の地区大会を観戦しに行ったことがあるのだが、中学生のあまり盛り上がらない試合は全く楽しさが見いだせなかった。教え子がいたら変わるのだろうか？　とも思ったけれど、それにしてもつまらないものはつまらない。

その中でも、新太は試合の間中生徒を応援し、自分の部が敗退してしまった後も、他校の部にエールを送っていた。まっすぐに生徒達を見据える新太は、背中にすうっと芯が通っているような気がする。

学生時代は似た者同士で寄り集まっていたはずなのに、こうして見る新太は知らない人間のようだった。大学に行った新太が教職を取り、そのまま中学校教師になったのも衝撃だった。

俺は既に作曲の道を選んでいたので、新太が自分一人で進路を決めていたことを驚く余地もなかったのだけれど。

教師というのは忙しい仕事だ。普通に就職しようとしている鳴花と、フリーランスの道を進もうとしている俺は、果たしてこのままでいられるのだろうか、と不安だった。

そんなに忙しい仕事を選んでしまうのか、と思ったことを覚えている。ちなみに、そこで「そんなに忙しい仕事に就くの？」と、口に出して尋ねたのが鳴花だったことも覚えている。

『食べたいものないなら俺が決めるけど』

既読が付いたのに返信がないからか、新太がそう添えてきた。俺は少し悩んでから文字を打つ。

『こないだ出来た串カツの店は？　なんか肉とか野菜とかだけじゃなくて甘いもんもめっちゃ揚げられるやつ。まんじゅう揚げてるの見ていいなと思った』

『別にいいけど』

『よし』

『なんかそういう子供っぽいところあるよな、お前』

『俺は社会に飼い慣らされてる可哀想な新太くんをちょっとでもはしゃがせてやりたいわけよ』

『おい』

『でもチャレンジ精神大事だろ。新太は誘われなかったら変なとこ開拓しないだろうし』

『確かにな。園生のそういうとこ好きだわ』

好きだわ、の四文字を見て、急に宙に投げ出されたような気分になる。これは、俺の求めているものじゃない。極めて近いところにあるけれど、全然別物の何かだ。それでも、文字面だけでは判別出来ないお陰で、脳が揺れる。

新太に甘やかに愛でられたいわけじゃない。ただ、そこに好意的なものを見出したいだけだ。他にいる誰よりも、泰堂《たいどう》新太と自分との間にある可能性を感じたい。それだけだ。

そうしてこじつけていくことで、俺はこの終わりなき旅に折り合いを付けられる。まるで何の標《しるべ》もない星を繋げて、星座を形作っているみたいだ。どこにも線が引かれていない点の中で、俺は自分への愛を見出そうとする。

食べたいものを聞かれたのだって、前回が鳴花の食べたいものだったからだ。ローテーションに愛を見出すのは、流石にご冗談が過ぎる。なのに、午前六時のお伺いが嬉しい。

『今日も仕事だろ？　ブラックなこと』

『ブラックじゃないっての。でも正直朝早いのはキッツい。でもすごいんだぜ、部員今メッチャ仕上がってる』

『県大行ったら観に行くわ。頑張れよ』

『お前はこれから寝るんだろ。おやすみ』

それで、やり取りが終わる。俺は、新太の声で最後の文面を再生する。

いつ、どんなきっかけで新太のことを好きになったのかは分からない。数年前まではそんなことはなかった。鳴花のパターンとは違い、新太が自分と付き合うところなんて想像したこともなかった。

けれど、気づけば俺は鳴花よりも新太といられる時間が長くなるように望み、新太が好きだと言ってくれた俺の作品を、代表作として掲載するようになった。明け方になると新太がメッセージをくれるので、昼夜逆転が恐ろしくなくなり、鳴花が興味を示さない海外のバンドが何度も来日してくれることを祈るようになっていた。

これが愛じゃないなら、何なのだろうと思うような溺れ方だった。

愛は落ちたら終わりの崖ではなく、絶えず湧いては足を取る泉だった。明確なきっかけがあるわけじゃなかったから、過去に戻ったとしても運命を変えることは出来ないだろう。

新太が何を差し置いても自分を優先するようになってほしい、と思ったらもうおしまいだった。それは恋人になりたいと同義だった。最初は、新太のことを好きになっても何も変わらないと――恋人になるのと変わらないくらい、自分達は一緒にいたのだと――そう思っていたのに。

自分の欲望に名前がつけば、それが思い上がりだと理解出来てしまった。全然違うのだ。今までの関係と、恋人になった後じゃ。

鳴花はきっと否定しただろう話だ。鳴花はそこに線を引かない。絶対に理解しない。

この違いを理解してくれるのは、泰堂新太だけだった。

宅飲みをした時のことを、俺は一生忘れないだろう。

俺と新太は調子に乗って飲み続け、早々に潰れた鳴花は傍《かたわ》らで眠っていた。鳴花が眠ってしまったことを残念に思う気持ちと、新太と擬似的に二人になったことを嬉しく思う気持ちを、ワインと一緒に飲み下す。

言わせてもらえるならば、嫌な予感はしていた。いつもはどちらともなく掛けに行く鳴花の毛布を、新太が率先して掛けた。ささやかな行為が、俺に嵐を報せた。

「ずっと鳴花が好きだった」

その言葉は、劇的なBGMも何もない中で、ぽつりと告げられた。予期していた嵐は、漣《さざなみ》のような静けさと共に始まったのだ。俺は手に持った缶ビールをテーブルに置いてから、ゆっくりと口を開く。

「……あー……マジか。へえ、ああ……」

出てきたのは沈黙を遠ざける為の間投詞だけだった。言った方の新太はどこかやり遂げたような顔をしていて、それもまたいたたまれなかった。満足げな顔をするなら、鳴花に直接言った時だろうに。

分かってはいたことだった。この比率での三人は危ない。自分が新太を好きになってしまった以上、誰かは——新太は、鳴花を好きになるのだろうと思っていた。ある意味で決められていたことなのだ。居心地のいい空気の中で、友情を育んでいたツケだ。これだけ幸せなら、恋愛感情が生まれても仕方がない。だって、自分達の中に愛は元からあったのだから。

浅く息を吐いて、俺は新太のことをしっかりと見据えた。

「まあ、そうなんじゃないかって思ってたけど」

「ああ、マジで？　俺、分かりやすい？」

「そういうわけじゃないけど……こういう状況だったら、あるだろ」

こういう状況、というのは男二人に女一人の形のことだ。周りの人間が吸い寄せられるように二人組を作ろうとする自分達の配分。

「……俺、そう言われるのすげーヤだったのに」

「そう言われるのって？　どっちが付き合ってんのって？」

「俺達はそういうんじゃない。鳴花と俺らはちゃんと親友なのにってマジでいちいちキレてたのにさ。……結局な」

まるでそれが失態であるような顔をして、新太が言う。この様を見れば、今まで俺達の仲を疑っていた人々は諸手を挙げて喝采を送ってくるんだろうか。けれど、ちゃんと親友っていうのは何なのだろう？　自分達は今まで何を守っていたのだろうか。

「園生にも、ごめん。こんなことになって」

「謝んなよ。謝ることじゃないだろ」

反射的に言った。新太の愛を断罪するなら、その刃は自分にも向いてしまう。

「そうかもな……いや、今のは俺が本当に……最悪だったわ。謝りたくて謝ってたから」

「別にいい。気持ちは分かる」

「あのさ、お前ももしかして——」

「ない。それは絶対ない」

喰い気味に言うと、新太が俯いて「そうか」と言った。果たして、俺が遮った言葉は何だろう。『鳴花が好きなのか？』か、『鳴花のことを好きだったのか？』のどちらかだろうから、先に言った。

あるいは『お前も好きな人いんの？』だったかもしれない。最後のパターンだったら嘘を吐《つ》いたことになってしまった。けれど、それ以外に俺に何が言えるだろう？

「……告白すんの？」

死刑宣告を受けるような気持ちで、そう尋ねる。ちらりと視線を向けた鳴花は、一応眠っているように見えて安心した。

「や、しない」

「しないのかよ」

「……正直、成功する気しないんだよな。どっちと付き合ってんのって言われて一番不愉快そうな顔してたの、鳴花だろ」

その通りだった。鳴花はこの中で一番自分達の関係を大切にしている人間だ。

「そうかもしれないけど」

「振られるよ。んで、振られた後はもう戻れないと思う。鳴花は俺に幻滅するだろうし、避けるようになるかもしれない。それで、鳴花はお前とだけ――」

そこで新太は言葉を切った。その先にあるのは、俺への嫉妬だ。鳴花が新太を避けるようになって、俺とだけ会うようになるのが嫌なのだろう。素直すぎる感情に笑ってしまいそうになった。

「そうなるかねえ」

「絶対そうなる」

新太がきっぱりと言う。迷いのないその言葉は、切り捨てられることを期待している。だから、敢えて言った。

「まあ、鳴花はそうかもな」

新太が微かに失望した表情を見せる。それを取り繕うように笑って、言葉が続いた。

「だろ？　……だから、このままでいいんだけどさ」

「じゃあ何で言ったんだよっての」

牽制だろうと分かっていながら、俺の方も笑顔で返す。

「言いたかったんだよ。分かるだろ。長い付き合いなんだから」

ずるい言い方だった。俺の方も敢えて追及することはしない。ゆるく首を振って、さりげなく話を終わらせてやることにした。

「まあ、なんかいいことあるといいな」

「いいことあるかね」

「俺はお前と鳴花と一緒にいられたらそれでいいんだけどな」

「それは俺も思うよ」

新太がしみじみと言って、缶ビールを呷った。

それからどうでもいい雑談が続いても、俺は嵐のただ中に取り残されていた。

可能性がないとは思わなかった。鳴花は確かに三人でいることを大切にしているけれど、告白されたら揺らいでしまうかもしれない。恋が人間をどう変えてしまうかは、自分の身を以《もっ》て知っている。

いい大人が恋愛なんかに振り回されているなんて馬鹿みたいだ。俺が一番そう思っている。けれど、心があるので仕方がなかった。心と共に生きているから、引きずられても仕様がなかった。

新太は鳴花を諦めないだろう。そう簡単に終わるものじゃない。俺は新太を諦められなかった。自分達はよく似ている。

これが失恋だとは思わなかった。だって、愛はずっとここにあった。

これが失恋だとは思えなかった。何しろ、相手は鹿衣鳴花だ。

鳴花ならきっと、自分達を守ってくれる。あの頑固で揺らがない彼女なら、自分の企みに乗ってくれる。

だから、俺はそうした。鳴花に対し、彼女が一番嫌がる告白をする。そうして俺達は恋人になった。


おしぼりを貰った鳴花が丁寧に手を拭く。鳴花はこういう時に、指の一本一本をおしぼりに包んで丹念に綺麗にするのだ。最初は妙に思ったが、今となってはこれを見ないと落ち着かないくらいだ。

儀式めいたやり方で手を拭き終わると、鳴花は嬉しそうに息を吐く。それを見て、思わず笑ってしまった。

「手ぇ拭いてエベレスト登ったような顔するよな、お前」

「達成感としては間違ってないからね。多分登ってる、山」

「お手軽だな」

「お手軽な方がいいよ。生きてて達成感を味わえるのなんてそうそうないからさ。ちょっとくらい登らせてもらった方が」

手をひらひらさせながら鳴花が笑う。興味の対象が移りやすい鳴花は、既に俺から視線を移し、テーブルの中央にあるフライヤーを見つめていた。本来なら新太もここにいるはずだったからだろう。

「それにしても串カツか。フライヤーは二つではなく、三つに区切られていた。

「嫌だった？　でも揚げ物嫌いじゃないだろ。これ、園生がリクエストしたんでしょ？」

「そうなんだけど、串カツみたいな難易度が低い食べ物は、二人とあんまり食べたくないんだよ。他の人と来たらドン引きされるような、食べ方が絶対汚くなるものを食べたい」

「ここ、まんじゅうとかチーズとかも揚げられるんだぜ？　絶対ボロボロ溢《こぼ》したり、溶けてぐちゃぐちゃになったりするぞ」

「そうか、ならよし」

鳴花は満足そうに頷く。

「食事の難易度、まだ気にしてんだ」

「ずっと気にするよ。二人とじゃないと来られないところで、二人の前でしか食べられないものを食べるのが好きだから」

「一人では行かないのか、そういうの」

俺がそう言うと、鳴花は小さく首を傾げた。

「考えたこともなかった。一人だとそもそも食べ物にそんなにこだわらないから。何食べてもあんまり変わらないし。園生は一人でご飯食べに行くの？」

「そりゃ行くだろ」

「え、牛丼とかラーメン屋とかだけじゃなくて、目の前で焼いてくれるステーキ屋さんとかも？」

「納期明けとかはいいもん食いたくて」

「ええ……そうなんだ……誘えばいいじゃん。何で一人で行くの」

「その為にわざわざ予定とか合わせないだろ」

鳴花はますます不満げな顔になって、メニューを握る手にぎゅっと力を込めた。

「でも、そういう楽しいことなら何だってやろうよ。話す機会は多ければ多いほどいいし、私も納期明けステーキを頬張りたかった。一人で食べて美味しかった時ってどうしてるの？　一人で『美味しい』って口に出すのキツくない？」

「そもそも口に出さないんだよな、一人だと」

「それはなんかよくない気がする。美味しいものは美味しいって言った方が素直に楽しめる感じがして」

「じゃあ鳴花は一人でなんか食べてて、うっかり美味しいって思ったらどうすんの。渋々一人で美味しいって言うのかよ」

「一人で食べたら、まあそんな美味しくないよ」

鳴花はぽつりと言った。

以前の鳴花はそこまで俺達と食事を摂《と》ることに固執してはいなかった。俺達は別の人間であり、いい大人の親友だ。ベタベタと無理に一緒にいるような関係じゃない。

これも鳴花なりの努力の一端なのだろう。俺が万が一にでも一人で全てを楽しむようにならないよう、細心の注意を払っている。そういう鳴花は、傍から見れば甘えたがりになったと映るのかもしれない。

だが、そうじゃない。鳴花は俺達に一線を引いている。ただ生きているだけで享受出来る関係じゃないことを意識して、甘えるのを止めたのだ。それを思うと、鳴花の意志の強さを改めて感じた。戦うと決めたら、鳴花は徹底的にやる。俺達に真に心を許すことはなく、綱渡りの関係を監視している。本来なら絶対にやりたがらないことだ。

それは鳴花がこの関係を本当に大切にしていることの裏返しだから、咎《とが》めるつもりにもなれなかった。別に嫌な変化でもない。先に鳴花を揺さぶったのはこっちだ。響いた鳴花が形を変えてしまっても、嫌がる理由がない。むしろ、それでこそ、と思う。それでこそ。

そんな俺の内心を知らずに、鳴花はなおも唇を尖らせていた。

「結局、新太も今日は来れないしさ。なんだよ」

「仕方ないだろ。採点全然終わってないのに、明日は部活の大会だし。あんま無理させて体調崩させんのも嫌だわ」

俺がリクエストした串カツ屋に、新太は来られなかった。仕事が終わらなかったのだ。相互に必死な俺と鳴花と違い、新太は自分の仕事を優先するので、血反吐《ちへど》を吐いてまで来るようなことはない。素晴らしいことだと思う。かくあるべきだ。

入口で秦堂と名乗り、新太が予約した席に通されると、何だか笑えてきた。「いないのにね」と鳴花も笑う。名前だけでもここにあってよかったのかもしれない。

「まさか本当に県大行きかけるとはね。教師の仕事がよく分かんないんだけど、これで名コーチとして更に仕事が増えるっていうこととあったりするのかな」

「別に県大レベルじゃそうはならないだろ。全国優勝を何度も果たしてるとかなら話が別だけど」

「そうか。これ以上忙しくなったらどうしようかと思ってた。というか、そんなに盛り上がってるんだね。新太のー……えー……何部だったっけ、なんか、運動」

「バスケ」

「あぁー、そうだ。室内であることは朧げに覚えてたんだよね。新太が全然日焼けしないから」

「新太の部活が何部か全然覚えないよな」

鳴花の中ではいつも『部活』だ。俺が地区大会に誘われた時に、鳴花も一緒に来ないかという話になった。けれど、鳴花は嫌そうな態度を隠そうともせずに首を横に振ったのだ。

「興味ないからなあ……いや、興味ないというか、むしろ嫌いなところもあるかもしれない。担任になって部活もやって、新太の時間が全部奪われてるような気がするから」

こういうことを素直に言ってくれるところが、鳴花の好きなところだった。自分達のことを最上に置いて憚《はばか》らない。そこに俺もいるのだからたまらない。

「でも、俺もバスケ部嫌いだよ。露骨に忙しくなったもんな」

「あれって労基に違反してたりしないの？　そこから攻められないかな」

「それでバスケ部の顧問じゃなくなったら、多分新太は悲しむだろうからな」

俺が言うと、鳴花は納得したように頷いた。別に新太の好きなものを取り上げたいわけじゃないのだ。それよりも、自分達がちゃんと優先されていてほしいだけで。

「でもさ、こういうことなんだろうね」

「こういうことって？」

「新太が私のこと好きじゃなくなって、職場の誰かと結婚したりとかしたら、部活よりももっともっと時間を取られることになるのだ」

「それに今気づくのが鳴花なんだよな。俺はずっと前から気づいてたよ」

鳴花が目を丸くするのと同時に、店員が注文を取りに来た。とはいえ、この店は単品で頼むのではなく、食べ放題のコース式だ。俺は鳴花の手の中で置物になっていたメニューを取り、飲み放題付きの一番高いコースを二つ注文する。

店員が去るなり、鳴花が言った。

「一番高いコースと一番安いコースの違いって何?」

「品数。俺はどうしてもシュークリームを揚げてみたかったからそれにした」

「ふうん。じゃあいいか。他には揚げたいものあるの? 一番上のコースで」

「いや、ない。シュークリームだけ。ほら、いい牛肉とかそこまでこだわりないし。他の食べたいものは全部安いコースに入ってる」

「おうおう、攻めるねえ」

「新太がいたら絶対に高いコースにさせてくんなかっただろうから、そうした。シュークリーム我慢して五百円安くなるならそうするよな」

「じゃあ、新太がいなくてよかったか」

「よかったかもな」

俺と鳴花は揃ってげらげらと笑う。これが冴えたジョークであり、実際はそんなことはないのだと確かめるような笑いだった。シュークリームは新太の代わりにはならない。新太がここにいてくれればよかった、と思う。

頼んだ串揚げの具が来ると、鳴花も俺も俄《にわか》に沸き立った。定番の牛肉を揚げ、シシトウを揚げ、ハイボールを飲む。串揚げというものの難易度を舐めていた鳴花は、案の定紅生姜揚げやチーズ揚げで派手に失敗し、皿どころかフライヤーをベタベタに汚した。

「これは確かに園生と来てよかったかもしれない」

「だろ」

真面目に頷きながら、フライヤーに浮いた残骸を掬《すく》ってやる。この時ばかりは鳴花も申し訳なさそうにしていたが、本当はこんなことは何でもないことだ。

食べ方が綺麗なことに越したことはないし、そこを好きになる人間もいるだろう。けど、鳴花の美点はそこじゃない。たとえ鳴花がハンバーガーや焼き魚を綺麗に食べられなくても、嫌いになったりする人間の方が少ないだろう。

それなのに、鳴花はそこを受け容れられただけで、まるで俺達の傍が世界でたった一つの居場所であるかのような顔をするのだ。

世界がもう少しだけ鹿衣鳴花の為に開かれているということを、どうか知らないでほしい。俺達と一緒にいるよりも楽しいことが、世界にはきっとある。けれど、鳴花がいなくなってしまえば、俺と新太も変わるだろう。それがどうしてもいい方向だとは思えない。

それに、鳴花が自分達以外の前で堂々と焼き魚を食べられるようになってほしくはない。

それからは、他愛ない話をした。鳴花は職場でそんなに上手くいっていないらしく、デザイナー達の愚痴を溢していている。ついでに、今のデザイン事務所の近くにはまともに昼を食べられる場所がないらしい。あの鳴花が観念して弁当を作るようになり、開き直ってパンを箱に詰めるようになった話は面白かった。

俺の方は最近仕上げた仕事について話した。鳴花は俺が曲を提供したゲームなどを一通り触るし、映画なんかもしっかりと観てくれる。最近流行の音楽については、趣味が合ったり合わなかったりする。そこがやっぱり話していて楽しい部分だ。

そうして飲み放題のラストオーダーが告げられた後、少し顔を赤くした鳴花が言った。

「あのさ、ポリアモリーという形があるらしい。複数の人と同時に付き合うの。そうしたら、なんか私達も上手くいくんじゃないかな」

俺の方を怖々と窺いながら、鳴花が言う。

ポリアモリー。複数人と恋愛関係になるという形のこと。俺も前に調べた。

「それ調べたんだろ。勉強熱心だな」

「からかってるでしょ。私だっていい具合に上手くいかないかなって思ってるんだ」

鳴花が眉を下げながら、不服げに呟く。分かっている。三人でいることに一番こだわっているのは鳴花だ。友情を何より重んじているのも鳴花だし、一番怒りに燃えているのもそうだ。けれど、賢明なる彼女は酒の所為《せい》で弱気になっている。次善の策を取り出して、これで幸せを続けられないかと思っている。

俺に出来るのは、それを優しく正してやることだけだった。正気を取り戻した彼女が自己嫌悪に陥らないよう、ちゃんと言ってやらなければ。

「上手くいかないって。そもそも新太側の同意が必要になるだろ、これ」

「提案したら案外乗ってくれるかもしれないよ」

「いや、絶対無理だって。新太はこういうの絶対無理。その無理を押し通せるほど新太はお前のこと好きじゃないよ」

「手厳しいなぁ。でもそうかもね、そうだと思う」

鳴花の目がとろんとしていた。そろそろたっぷり水を飲ませてやらなければいけない頃合かもしれない。だが、俺は黙って鳴花の話の続きを聞く。

「でも、私達ってこうなる前はすごく……ポリアモリー的だったというか、ごく自然にやれてた気もするんだけど。そこに恋愛的なあれこれを混ぜ込めば、いい塩梅《あんばい》にいくんじゃないかな」

「ごく自然だったたってこともない。本当に仲がよかっただけ」

どういう意味か分からないのか、鳴花はきょとんとしていた。

鳴花は知らないのだ。俺達がどこに出しても恥ずかしくない親友をやれていた裏にある、見せていなかった配慮を。ごく自然に何も考えず、自分達は親友でいられていたわけじゃなく、二対一の二の側である俺達は、ずっと気を張っていたということを。

「そもそも、俺は新太が鳴花とキスしたりセックスすんのめちゃくちゃ嫌だから」

「……まあ、そうか。そうだよね」

「形から入ったら、いつか鳴花はマジで俺のこと好きになるかもしれないし、逆に新太のことを好きになったりしそうだし」

俺も酔っていたのかもしれない。口から出た言葉は思いの外刺々しく響いた。すると、さっきまで虚ろだった鳴花の目が急に焦点を結ぶ。

「ごめん、今の私は正気を失ってた」

「大丈夫、分かってる」

「今のは本当に駄目だ。全然よくない。もっと怒っていいよ。それだけのことを言った」

「弱気にもなるよな。でもいいよ。お前が一番お前に厳しいから」

「お冷や頼むわ。園生もいる？」

「いる」

そう答えながら、俺は鳴花との旅行を思い出す。恋人として行った最初で最後の旅行だ。キスをした瞬間、鳴花は戸惑ったような顔をして、小さく声を上げた。俺達の間に静電気でも走ったような具合だった。二人で泊まっていた部屋を困惑が埋める。

その時に、鳴花は俺のことをほんの一瞬だけ男として見た気がする。勘違いでなければ、あのキスによって、鳴花の中には可能性が生まれたわけだ。俺の方はまるで高校時代の伏線回収でもしたような気持ちだった。いずれこうなるんじゃないかと予期はしていた。尤《もっと》も、その中にある心も動機も予想だにしないものだったけれど。

鳴花が俺を好きになりかけたとしても、それはごく自然なことだと思う。あれだけ一緒にいたのだ。愛はずっとそこにあった。

だったら、あのまま俺の方を愛してくれたらいいのに、とも思った。キスをしたくらいでこちらに揺らいでくれるなら、鳴花の心だけでもここに繋ぎ留めておきたかった。

「あーあ、でも園生でよかったよ。ここにいるのが」

揚げ物台すらべたべたになったフライヤーを見ながら、鳴花は笑った。それが食べ物の難易度のことを話しているのか、それとも別のことを話しているのかは分からなかった。


鳴花には言っていないことがある。

俺は一度、新太に職場を辞めさせたことがある。

俺がまだまだ駆け出しの作曲家だった頃、依頼してきた企業に案件を反故《ほご》にされたことがあった。とはいえ、契約書は後からということでなし崩しに制作から始まった、今では考えられない依頼だった。

俺は期待しているという依頼先の言葉を鵜呑みにし、心血を注いで相手方の望むものを作ろうとした。だが、相手はリテイクの指示を繰り返した挙句、求めるクオリティーに達していないという理由で依頼そのものを取り下げた。当然のことながら、この依頼で発生した賃金はゼロだった。

契約書をちゃんと交わしていなかったので、俺に出来ることは泣き寝入りしかなかった。

表に出ることのない曲達を前に、俺は荒れた。意気揚々と受けた仕事の結果がこうなってしまったのが悔しくて、夜もまともに眠れなくなったくらいだ。

鳴花にはこの話をしたことがない。当時の俺は、あまりの自分の迂闊さが恥ずかしくて、バレるのが嫌でたまらなかった。鳴花には制作が立て込んでいると言っておいて、会うのを避けた。

昼も夜も何もしない生活が続いていた時に、俺の傍にずっといてくれたのが新太だった。新太は半《なか》ば強引に俺の部屋に入り込むと、塞ぎ込んでいる俺の世話をしていた。今思えば、俺が自殺でもやらかさないかが心配だったのだろう。当時、私立中学で働いていた新太は、長期休みでもないのに有給を使って俺の家に居座り続けた。

今なら分かる。教師の有給はそんな風に使うようなものじゃない。だが、新太は身内の体調不良を理由に、半ば強引に休みを取り続けたらしい。結果、新太の有給が底を尽く直前で、俺は持ち直した。

「マジでごめん。もう大丈夫だと思う」

俺がそう言うと、新太はいつものような真面目腐った顔で「ならよかった」と頷いた。

「この部屋に居座るようになって、積ん読が随分減ってよかった。お前、あんま喋らないし、この部屋娯楽もないし。暇潰すの一人でやんなくちゃなんなかったから」

「……いや、娯楽あるだろ。ゲームは確かに……新太は一人じゃやんないタイプだろうけど、レコードとか漁《あさ》るのも楽しかったんじゃないか。こんだけ多けりゃ好きなバンドの開拓にもなるだろうし」

「自分ちの楽しみポイントを主張すんなよ」

新太がげらげらと笑いながら、俺の肩を小突く。

「けどさ、俺の好きそうな音楽は大体園生が紹介してくれてるからな。俺が漁って開拓するのは効率悪いだろ」

「あー、一理ある」

「でもまあ、よかったわ。これで鳴花にも会えるし」

新太は、弱った俺が鳴花を避けていることに気がついていた。これだけあからさまだったからバレても仕方がないのだろうが、一瞬戸惑う。何と言っていいか分からない俺に、新太は優しげに目を細めて言った。

「分かるよ。あいつにはあんまり情けないとこ見せたくないよな」

含みのある言い方だった。確かにその通りなのだが、引っかかる部分があったのも覚えている。俺はどうして、鳴花には弱ったところを見せたくないのだろうか。新太が親友なのと同じように、鳴花も親友であるはずなのに。

弱った俺は、その違和感の正体を辿ろうとせず、見栄に共感を示す新太のことだけを見ていた。

「……俺はお前にもあんまり見せたくなかったけど」

「そこはさ、俺だから。ていうかお前家入れたしな。鳴花だったら入れないだろ」

「それはあるけど……」

「俺もそうだわ。鳴花には絶対見せないし、入れない」

断言する新太は、今思えばこの時から鳴花のことを好きだったのかもしれなかった。あるいはもしかすると、この会話がきっかけで、新太は俺も鳴花を好きなのだと誤解したのかもしれない。

この時の俺は、特に新太のことが好きだったわけじゃない。新太の一番大切な人間になりたいとは思ってもいなかった。

だから、今から語ることは全部後付けになる。そう、後から理屈をつけられるなら、これはただの価値観の違いだったのだ。好きな相手だからこそ見せたくないものと、好きな相手だからこそ見せてもいいものが食い違っていただけなのだ。俺は新太だったら、この部屋に入れてもよかった。

結局、俺は持ち直したものの、無理に休みを取り過ぎた新太は上手いこと職場に戻ることは出来なかったようだ。程なくして、新太はその中学校を辞め、別の学校に就職することになった。

「俺の所為だよな、ごめん」

「いや、違うって。元からいつかは公立に行きたいと思ってたし、辞めるつもりだった。キャリア的にそろそろだなって思っただけ」

新太は鳴花にも同じ説明をした。有給を取って俺の部屋にいたことも、恐らくはそれによって職場を替えざるを得なくなったことも何も言わなかった。俺も鳴花に敢えて言うことはなかった。

何も言わずにいた癖に、久しぶりに鳴花に会えた時は心の底からホッとしたのを覚えている。俺は、鳴花を交えた三人で、素手で蟹の殻を剝く趣向がある鉄板焼き屋に行くことを提案した。


仕事のスケジュールに都合をつけて集まる、と決めたはいいが、どうにもならないことはある。ずっと俺を使ってくれているとあるソシャゲのイベントBGMの納期と、新しい映画の劇伴の納期が被ったのだ。俺は楽譜と睨み合うことを強いられ、いくつもいくつものフレーズを生み出しては消していった。

電話越しであろうとも、流石に俺の様子が異常なことを察したのだろう。あの鳴花が『今回は延期にしようか』と言い始める始末だった。けれど俺は、心配そうな声でそんなことを言う鳴花が気に食わなくて、半ば意地のような形で提案した。

「じゃあ、俺の家で宅飲みしようぜ」

『え？』

「俺はギリギリまで作業するし、鳴花と新太が潰れた後は仕事に戻るからさ。俺ん家でやろう」

半ば自棄《やけ》のような気分で提案したことだったが、口にすると俺はこうしたかったのか、と後からすっと納得出来るようになった。仕事が忙しいからといって、俺は新太と鳴花に会いたくないわけじゃないのだ。

『分かった。折角新太も来られるんだしね。宅飲みしよう。こういう時の為にたこ焼き器買ったんだ。園生の家でたこ焼きパーティーしよう』

「お前はすぐそういうの持ってくるよな。あんまりそういう器具に頼ると、宅飲み自体のエンターテインメント力が減るだろ」

『というと？』

「たこ焼きだのバーベキューだので盛り上がんなきゃいけなくなりそうじゃん。ただの宅飲みがマンネリだって言われてるみたいで」

『そうじゃないって分かってるから大丈夫。こういう一工夫と遊び心が、ささやかだけど役に立つんだよ』

素面《しらふ》の鳴花は俺の言葉に全く動じることなく、楽しそうに笑って電話を切った。このま、新太に連絡するのだろう。

俺はまだ暑い防音室の中で、ぼんやりと二人のことを思い浮かべた。新太は俺の提案に乗って、この家にやって来るだろう。ああ見えて凝り性の新太は、一番いい蛸を携えて向かってくるに違いない。鳴花はたこ焼き器に悪戦苦闘した挙句、結局その難易度の高さに投げ出したりする。

俺はパソコンに向き合い、さっきゴミ箱に入れたフレーズの中から、何か使えないものがないかを探し始める。

宅飲みの当日、たこ焼き器を搬入しなければならない鳴花の方が先に俺の家にやって来た。合鍵を持つ鳴花は、ごく自然に家に上がり、俺が籠もっている防音室の扉を開けた。

「うわ、蒸し暑い」

「蒸し暑いだろ。もう最悪だわ。本当は暑い時間帯はこの部屋入りたくないんだけどさ、もう延ばせないから」

「大変なのは分かってるけど、それに輪をかけて大変だ。これはキツい」

「引っ越そうとは思ってるんだけどな。ここにいる理由もないし」

「ここにいる理由？　何かあった？」

「お前が働いてた会社の近くだったから」

そう言うと、鳴花は「ああー……」と小さく溜息を漏らした。その頭の中には、きっと走馬燈のようにかつての会社のことが思い出されているのだろう。

「それで家を選んでくれてたんだね。そうだった」

「ついでではあるんだけどさ。でもやっぱ選べるならそうしたいじゃん」

「そうかもね……私も、出来れば園生の家の近くで暮らしたいし」

言いながら、鳴花が保冷鞄から何かを取り出した。

「はい、お土産。首に掛けるとひんやりするやつ。これ冷蔵庫に入れたら復活するらしいから、何度でも使えるよ」

「あ、これはマジで嬉しいやつ」

ひんやりとしたネッククーラーを受け取り、火照った首に掛ける。そのまま鳴花は近くの椅子を引き寄せて、俺の隣に座った。

「画面に映ってるのが楽譜か。すごいね」

「それ毎回言うよな」

「私は読めないから、余計に感動する。これ何作ってるの?」

「また映画の劇伴。シーンごとに分けてるんだけど、短いのもあれば長いのもあるから。これはけっこう長めのやつ」

後半のクライマックスに当たるシーンの音楽だ。ここは監督の方も気合いが入っているようで、細かく指定が入っている上に、何度かリテイクの指示も入っていた。ささやかではあるが、リテイクごとに別途で報酬を貰っているのだけが幸いだった。

「こっちの画面で停止してるのは何？」

作曲に使っているのではない方のパソコンを指して、鳴花が尋ねる。そこには、大きな教会と幸せそうな新郎新婦が映っていた。

「あー、それは資料。まだ映像自体が出来てないらしいんだけど、結婚式のシーンらしいから、こういう映像に合う雰囲気で作ってほしいみたいな」

そう言いながら、俺は再生ボタンを押す。厳粛な雰囲気の中で、花嫁と花婿が司祭の前に歩み出ていく。どこかの結婚式をそのまま記録したものなので、当然ながらＢＧＭは入っていない。ここにどんな音楽が適しているかを想像するのが俺の役割だ。

穏やかな顔をした司祭が、二人のことを交互に見つめる。そして、口を開いた。

『お二人に、これからささやかだけれど役に立つアドバイスをさせて頂きます』

「あ、司祭って誓いの言葉系以外の話もするんだね」

「校長先生の話みたいなもん？」

「どうだろ」

そのまま観ていると、司祭はゆっくりと一つ頷いてから、ささやかだけれど役に立つことを語り始めた。

『あなた方にこれから降りかかる問題を岩、あなた方の愛情を海の水だと思ってください。

それが豊かに満ちている時には、海中の岩は見えません。ですが、愛情という名の水が干上がっている時には、岩が現れます。愛情を涸《か》らさぬように』

司祭は笑みを浮かべたまま、穏やかな声で続ける。

『現れた岩は鋭く尖っているかもしれず、大きく聳《そび》えているかもしれません。ですが、それはいきなり鋭くなったのでも、いきなり大きくなってきたのでも、ましてや急に現れたのでもありません。それらはみな、元からそこにあったものなのです――』

司祭はそれからも長々と何かを話していたが、俺の意識はその話にすっかり縫い留められた。鳴花も同じ話に思うところがあったようで、画面を見つめたまま動かない。

ややあって、鳴花の方が先に口を開いた。

「私達の間に、岩は出たけど」

「――うん」

「でも、愛情が涸れたわけじゃないよね。むしろ、愛が多すぎるから、岩が現れたんだよ。このたとえ、私達のものじゃないね」

「そりゃあ、司祭は夫婦の為に語ってるんであって、俺達に語ってるわけじゃないから」

「でも、参列者の中にも思った人、いるんじゃないかな。問題という名前の岩が、愛情の枯渇じゃなくて、むしろ逆で現れた人が。満潮を迎えたからこそ見える岩だってあるはずだよ」

俺も、同じことを考えていた。やっぱり、俺と鳴花はよく似ていた。満潮の時も干潮の時も岩はそこにあったのかもしれない。けれど、それで座礁する心配をするようになったのは、やはり愛が満ちてからだ。

「やっぱりささやかだけど役に立つことなんて変に予防線張るから、しっくりこないものなのかもしれない。絶対に結婚生活に役立つ完璧なアドバイスなら、もっと上手い話が出てきただろうに」

「そこまでの責任は負えないんだよな、多分」

「まあ、私達向けのアドバイスじゃないからね」

気づけば司祭の話は終わっていて、俺でも想像がつくようなオーソドックスな誓いの言葉が始まる。停止ボタンを押すと、永遠の誓いの寸前で二人の時間が止まった。

「やっぱり暑いね、ここ」

そう言って俺を見る鳴花の目がキラキラと輝いている。

かつての俺は、自分が鳴花と付き合うんじゃないかと想像していた。放送室に現れた鳴花を見て、きっと何かが変わるんじゃないかと思っていたのだ。

今の状況を完璧に楽しめるような人間じゃない。俺達は来年二十七を迎えるし、それで何も変わらないと思うほど楽観的なわけでもない。ただ、想定した嵐を迎えても、その裏で裏切られる予想があっても、俺達はまだ三人でいることを選んでいる。

ささやかな抵抗を試みている。

その時、インターホンが鳴った。合鍵を持っているのに、律儀にインターホンを鳴らすのは新太だけだ。

俺はゆっくりと立ち上がり、もう一人のことを迎えに行くべく、防音室の扉を開いた。

初出

ミニカーだって一生推してろ
きみの長靴でいいです
愛について語るときに我々の騙ること
健康で文化的な最低限度の恋愛
……JUMP j BOOKS公式note掲載
ささやかだけど、役に立つけど
……書き下ろし

著者プロフィール

斜線堂有紀……『キネマ探偵カレイドミステリー』で第23回電撃小説大賞〈メディアワークス文庫賞〉を受賞してデビュー。『私が大好きな小説家を殺すまで』『夏の終わりに君が死ねば完璧だったから』『コールミー・バイ・ノーネーム』『詐欺師は天使の顔をして』『恋に至る病』『楽園とは探偵の不在なり』など。近年は漫画原作など活躍の幅を広げている。

愛じゃないならこれは何

2021年12月8日 第1刷発行

著者　斜線堂有紀

装丁　有馬トモユキ(TATSDESIGN)
編集協力　北 奈櫻子
担当編集　六郷祐介
編集人　千葉佳余
発行者　瓶子吉久
発行所　株式会社 集英社

〒101-8050 東京都千代田区一ツ橋2-5-10
編集部 03-3230-6297
読者係 03-3230-6080
販売部 03-3230-6393(書店用)

印刷所　中央精版印刷株式会社

Printed in Japan ISBN978-4-08-790068-2 C0093
検印廃止